苏亮 著

国际文化出版公司
·北京·

图书在版编目（CIP）数据

学爸 / 苏亮著． -- 北京：国际文化出版公司，2023.8
ISBN 978-7-5125-1567-3

Ⅰ.①学… Ⅱ.①苏… Ⅲ.①长篇小说-中国-当代 Ⅳ.① I247.5

中国国家版本馆 CIP 数据核字 (2023) 第 139792 号

学爸

作　　者	苏　亮
总 策 划	鲁良洪
责任编辑	张　茜
责任校对	杨婷婷
统筹监制	福茂茂　靳　凌
出版发行	国际文化出版公司
经　　销	国文润华文化传媒（北京）有限责任公司
印　　刷	三河市华晨印务有限公司
开　　本	880 毫米 ×1230 毫米　　32 开 8 印张　　　　　　　　　150 千字
版　　次	2023 年 8 月第 1 版 2023 年 8 月第 1 次印刷
书　　号	ISBN 978-7-5125-1567-3
定　　价	49.80 元

国际文化出版公司
地　　址：北京朝阳区东土城路乙 9 号　　邮　编：100013
总 编 室：(010) 64270995　　　　　　　传　真：(010) 64270995
销售热线：(010) 64271187　　　　　　　传　真：(010) 64271187-800
E-mail：icpc@95777.sina.net

推荐序·I

黄渤

因为热爱，所以享受

认识苏亮是在 2014 年拍摄《心花路放》的剧组里，当时的他还是一个只专注于文字工作的编剧，每天跟着徐峥开会，写《港囧》的剧本，文气且专注。几年后，我收到了他要做导演的一个电影剧本，是关于一个父亲和孩子的故事。也许当时太过繁忙，也许这个故事还没有真正地打动我，所以最初我还是有一些犹豫的。

然而，一年多过去了，这个故事又重新出现在我的眼前。苏亮用一年的时间探访了大量的家庭，对剧本进行了全面的、令人惊喜的调整。这次我欣喜地感受到故事中这一对父子和几个家庭之间的情感，里面透露着困惑、喜悦和迷茫。因此"HB+U"新导演计划又有了一个令人期盼的新项目。接下来，剧本改编调整的过程又花费了将近一年的时间，这一对父子的形象越来越清晰。一个创作者能够全神贯注地投入几年的时间在一个作品里，实在难能可贵。拍摄期是在2021年，那时候疫情的形势还比较严峻，我们克服了很多困难完成了这部电影的拍摄，终于在今年，迎来了它的上映，同时也很开心苏亮把陪伴他六年的故事改成了一部可以永久留念的小说。

教育一直是一个很大的话题，直到今天，依然有无数家长为了孩子上学前赴后继、疲于奔命。《学爸》故事的结局，并不是教育的唯一答案，每个人都有每个人的路途，每个人都有每个人的终点，真正的自洽才是正解。《学爸》的故事或许看上去不是什么励志故事的胜利结局，可人间哪有那么多奇迹。或许，认清自己真正的内心所需，找到适合我们生活和生长的地方，就是获得幸福的方式之一。

《学爸》是一个以"教育"为题材的现实主义故事，也是一对父子的搞笑求学奋斗史。苏亮用了一种类似公路片的闯关模式来构建这个故事，并且加入了其他几个不同阶层的家庭教育故事，使得辐射面更为广阔，同时令故事具有更强的娱乐性和趣味性，这是一种很巧妙的方式，在某种程度上消解了教育话题本身的焦虑感。不管你是哪一类家长，总会从这个故事里找到自己的影子。

苏亮是一个温暖的人，对现实议题有着极强的关怀感和敏锐度，对于那些人间疾苦，他往往希望能从一个幽默的角度切进去，让人笑，也让人哭。这可能跟他面对生活的态度息息相关，对于之前所遭受的困难和委屈，他总喜欢用一种开玩笑的方式一带而过，看起来云淡风轻。

  因为热爱，所以享受。我非常荣幸陪着苏亮完成了他人生中的第一部文学作品，对他未来的创作，也充满了期待。

推荐序·II

大鹏（董成鹏）

"学爸"苏亮的另一种温暖

苏亮发信息给我，问我能不能给《学爸》一书写序。他的语气小心翼翼，一如我们相识这些年的每次沟通，他都以很低的姿态来跟我交流。让人感觉被需要，这何尝不是一种能力。

2016年拍摄电影《父子雄兵》的时候，他是编剧，我是演员。剧组开机前夜，我跟他说我有一个疯狂的想法——拍一部家庭短片，然后再把我怎么拍这部短片的过程拍成电影。

"会不会太像实验电影了？"我问。

他说："这就是你会做的事情啊！"

因为这句鼓励，我拍摄了《吉祥如意》。

那段时间，我们的相处"浓度"很高，苏亮是好的讲述者，也是好的倾听者，我们天马行空地聊了许多故事。

如果从那会儿往前看，这六七年，我是万万没想到他会把自己全部的时间和精力,都投入到同一件事情上。人们的生活和工作、阅读和感受,好像都越来越快了,"慢"并不划算。但在这些年的任何时间点,听到他聊这件事,都像在用百米冲刺的爆发力去跑马拉松,我由衷地为他高兴。

这件事情就是电影《学爸》,这也是苏亮作为导演的处女作,讲述的是一个爸爸带着孩子求学的故事。

经历了长期采访、数度采风、埋头苦写、找投资、找团队、找演员……他和《学爸》就像戏里的父子——苏亮全力养育着这个"孩子",并带着他不断地寻找一个愿意接纳他的"学校"。结局是重要的,而戏内外这两对"父子",因为共同经历和面对的事情最终达成的拥抱,超越了"重要"。

现在的这本小说,就是《学爸》的入学典礼。书中更加完整地呈现了故事的全貌和气息,相信大家读完文字后,会更加期待电影,而如果看完了电影再阅读本书,会发现文字能给予你更大的想象空间。

你会在这本书里感受到苏亮的温暖,一种钝的尖锐、侧耳倾听的表达、有效率的舒适……如同多年来我们每一次并肩的长谈,都恰到好处,让人觉得信任和踏实。

这样的话,回头看这六七年,他把自己全部的时间和精力都投入到《学爸》里,一切又合理了。

因为,这就是他会做的事情啊!

自 序

苏 亮

/

愿我们都能成为最好的自己

我每天回家,都会经过一所小学。

那里没有给我留下什么好印象,因为经常被接送孩子的家长大军围得水泄不通,导致道路严重拥堵。直到有一天夜晚,我步行经过小学门口的公交车站时,看到一个妈妈背着书包坐在那儿,旁边放学的女儿趴在她腿上睡着了,妈妈搂着孩子,一脸疲倦、眼神木然地望着远方。

那幅画面在我脑海里盘旋了很久,最终成为《学爸》这部电影的一个形象种子。

2017年,我开始筹划自己导演的第一部作品的故事选题,当时我就感觉到中国电影市场仅靠"类型"已经不能满足观众的需求了,更重要的是这背后能传递出怎样的"情绪"。那一年,宣扬教育焦虑的公众号文章铺天盖地,"上学难"这件事也成

1

了我身边朋友们的话题主体。这种"切肤之痛"让我下定决心要把一个关于教育的故事搬上银幕。

我花了近一年的时间采访身边的家长、孩子和老师，参观幼儿园、小学，听升学宣讲会，跟着中介看学区房，跑到课外培训中心装作家长报名，甚至潜伏到妈妈群里偷偷看她们平时的聊天话语。最惊险的是在武汉采风时，我蹲在校门口观察那些家长，竟险些被家长当作人贩子报警……这一年搜集到的故事，有的荒诞搞笑，有的辛酸无奈，也有的触目惊心。那些家长可以放弃有质量的生活，牺牲健康，更有甚者可以放弃作为一个人的尊严，这一切的动力只有四个字——为了孩子。在写作的两年时间里，每当遇到瓶颈，我就会跑到学校或者培训班门口去看家长们，去观察他们的眼神、感受他们的状态，我不知道这能给我带来什么灵感，我只是想沉浸在他们的世界里，让自己能靠他们近一点，再近一点……但其实很多父母都跟我说过相似的话，不亲自拥有一个孩子，不真真切切地看着他站在你的面前，不触摸到他，你永远都体会不到父母能为孩子付出一切的决心。

是啊，那到底是一种什么样的感受呢？

"学爸"这个念头诞生已经六年了，我曾不止一次地问自己这个问题。或许现在我依然不能真正地感同身受，但我已用尽一切心力去理解他们。

我所看到的这个教育世界，让我十分同情那些孩子，因为他们没有活成自己想要的样子，以至于有一天，他们连自己本该活成什么样子都不知道。我一度很想为那些孩子发声，可随着逐步感受和理解他们的世界，我的心态发生了改变。现在，那些公众号文章都在抨击"鸡娃"的父母，主张要还给孩子一个快乐的童年。难道父母不希望孩子快乐吗？哪一个父母在拥有一个孩子的时候不是真正地只想给他快乐？其实父母才是这个教育世界里最纠结、挣扎、困惑、疲累、无奈的群体，他们知道什么是对的，可所有人都在跑，因此他们不敢停。他们不应该被谴责，他们更需要被理解。那一刻我才明白，《学爸》这个故事不该只为孩子发声，而是要让孩子代替我们去给那些深陷旋涡之中不能自拔的父母们一个拥抱。

生活之难，谁又不是一个可怜人儿呢？

教育是一个多元的话题，一个故事无法解决本质问题，更不能给出答案。我们试图留下一个理想化的结尾，但那只是我们美好的愿望。在我们看不到的角落里，依然还有生活中的一地鸡毛、人生中的艰难困苦和永不停歇的赶路人。

《学爸》这本小说，能带给大家的是片刻的快乐和温暖，在未来的漫长岁月里，大家都要靠自己走下去。虽然无法改变什么，但我依然怀揣信念，要做一个在人们身后默默为他们鼓劲的人。若有一天你又一次陷入痛苦挣扎之中，能想起还有这么一个故事，能让你感到宽慰一些，那便是对我最大的安慰。

出版说明

  为了贴合故事发生的地点，体现当地的风土人情，保持语言的生动性和趣味性，同时也为了增强故事的感染力，文中保留了方言特色，有些词语为方言特定用语。

目 录

第一章　我命由我不由天　001

第二章　天有不测风云　021

第三章　我自横刀向天笑　049

第四章　打你个措手不及　067

第五章　一个人承担了所有　095

第六章　最后一根救命稻草　111

第七章　不知不觉卷起来了　131

第八章　世事不可强求　157

第九章　没有撤退可言　191

第十章　爸爸，我们去哪儿　213

1
第一章

我命由我不由天

那通电话打来时,雷大力正在他的破捷达上睡得昏天暗地。车子停在一间高档会所附近的马路边上,坐在车里抬头就能看到金碧辉煌的七个字——宝丽金休闲会所。

雷大力把座椅调低了,整个人陷下去,像一只翻过来的王八四仰八叉地摊着。

王八就王八,这个姿势实在巴适①得很。

手机铃声响时,雷大力正在梦里打怪兽、救师父。他看见自己骑着一头喷火的恐龙,左牵黄右擎苍,八千里路云和月,一路追赶、风餐露宿、披荆斩棘……终于,他救下了师父。谁料到师父不想念经只想把酒人生:"来来来,喝完这杯还有一杯,再喝完这杯还有三杯……"

雷大力迷迷瞪瞪睁开眼,才发现唱歌的不是师父,而是伍佰。喝不了了,雷大力只觉得肝疼,躲酒能躲到在车上睡着,雷大力这还是头一遭。他接起电话,就听到对方道:"我跟你说的事你考虑好了没有?"

---

① 巴适,在四川方言中有"舒服、漂亮、妥帖"的意思。
　　——编者注,后同。

雷大力脑子还是蒙的,这是谁?

"雷大力,你有更好的选择吗?……"

哎哟,好烦!雷大力看了一眼手机屏幕,心想,果然是你,有完没完了!

对方还在继续"鞭打"他:"孩子跟着你,能有什么未来?"

雷大力眉心一紧,二话没说,挂掉了电话。

"老子好得很!"雷大力信心十足地说,"娃娃跟倒① 我,照样有好未来!"

雷大力酒醒了,摇起座椅,抬眼望向那金碧辉煌的七个字,又拿起手机回了个微信语音:"陆总,我上厕所去了,就来,等倒!"

雷大力卜了车,双手推了推额头,醒了醒神,回头望了一眼身后的黑夜。

就这样来吧!老子哪个都不怕!

他朝前走去,重新投入这场战斗……

凌晨5点,微薄的雾气笼罩着整座城市。

---

① 倒,四川方言中常用助词,表示动作的进行、完成和状态的持续,相当于"到、着、住、上、下、了"等。

C市这样的南方小城，入夏后，天亮得越来越早了。街道上洒水车缓慢地行驶着，水洒在路面上，温柔地唤醒着这座城市。

对这座城市而言，这一天与以往的任何一天似乎并没有什么不同。但对外国语小学门口昏睡的家长们来说，这一天是改变命运的开始。于是，我们便见到了这样似曾相识的人间群像：

有的家长坐在塑料小凳子上趴在膝盖上昏睡着；

有的家长望着路边托腮发着呆，双眼通红，看样子一宿没睡，但依然强撑着眼皮不敢合上，仿佛生怕错过什么；

有的夫妻二人头靠在一起仰头睡着，颇有一种相依为命的宿命感；

一个爸爸蹲在路边，面前的小凳子上放着一份吃食，他狼吞虎咽地吃着；

一个妈妈团成一团躺在行军床上不安稳地睡着，爸爸则坐在床角看着手机打发时间；

墙角的几把伞下，三个妈妈围成一团，用手机上的手电筒照亮资料，小声讨论着，颇有一种如临大考的感觉；

旁边不远处的地上凌乱地散落着矿泉水瓶和鞋子，几个爸爸缩在地上的凉席上，盖着衣服睡着了；

一张折叠椅上，一个老头姿势奇怪地半躺着睡着了，微张着嘴，口水都快要流出来了；

更有甚者，带了帐篷来"安营扎寨"。三四个帐篷摆在一起，有的露出脚，有的露出头，有的坐在帐篷边看着资料。

在一张支起的小桌上，是充满烟火气的冒着热气的小火锅，各种食材狼藉地铺满小桌，几个爸爸围着小桌，一边吃一边抽烟。桌子的一侧，四个人围坐一圈还在打着麻将；在另一侧，两个人无聊地打着扑克。

花坛边，一个人对着一棵树木然地刷着牙，为即将到来的"战斗"做着准备……

有人聚集的地方，自然就会有小吃摊，这可是难得的商机。这不，靠近马路边的几个流动小吃摊正在点灯奋战，有几个人正围着小吃摊，站着吃炒面……

校门口摆放着用透明胶带粘着连成一排的五颜六色的小凳子，都不同程度地褪了色，是饱经风霜的样子。每个小凳子上面都贴着名字，有的坐了人，有的空着。小凳子犹如一条长龙，一直排到大大的铁门下面。

铁门上贴着告示：外国语小学入学报名点。

这就对了，除了各大医院门口等着看病的庞大群体，恐怕也只有学校每年的报名季才会有这种堪比春运抢票的"盛况"了。

当命运之轮试图把雷大力按在地上摩擦的时候，30多岁的雷大力还单纯地认为"我命由我不由天",认为自己绝对能在命运之轮的碾压下逃出生天。

不知道过了多久,排在铁门口的人纷纷站起来,随即听到"咣当"一声,家长们纷纷朝门口望去。门上的铁链被保安开锁后拉了下来,铁门缓缓地打开。

排队的人群中,一个还在昏睡的农民工穿着的小哥猛然惊醒抬头,迅速朝前望去。只呆愣了数秒,小哥便逆着排队的人流狂跑,他穿梭在各个家长中间,身手敏捷地辗转腾挪。

小哥在广场路边的一排车里挨个寻找,在跑过一辆破捷达后,突然反应过来,又赶紧退回去。透过车窗,只见驾驶室的方向盘上搭着一对脚丫子,小哥使劲地敲车窗。

小哥操着一口地道的四川口音,焦急地喊着:"开始了①,开始了……"

车里睡得五迷三道的雷大力一个激灵,忙起身看了一眼,然后如释重负般舒了口气,又重新躺下,慢悠悠地把座椅摇起,语气中带着一丝不耐烦地说道:"吓老子一跳,以为是贴罚单的。"

雷大力的头发已经乱成了鸡窝,还有几撮桀骜不驯地支棱着。他揉了揉酸痛的颈椎,拿起旁边的矿泉水瓶,把剩余的水一口气喝掉,只觉得身上乏透了。昨天陪陆总喝酒差点

---

① 了,在四川方言中发音同"老"。

把自己喝废,因为上周陆总组局,帮他搞到了儿子进外国语小学的名额,所以现在陆总对雷大力来说,是恩人一样的存在,只要陆总需要,雷大力是随叫随到。昨夜喝到半夜1点,雷大力怕耽误了早上的报名,干脆就在车里凑合了一宿,还找了个小哥替他排队。

这会儿小哥看起来比雷大力还着急:"开始了,你还不搞快点?"

雷大力不紧不慢地开口:"慌啥子嘛,好事不在忙上。"

紧接着,雷大力将300元大钞伸出车窗,递给小哥。小哥有点不满足地说:"老板,帮你排了一个晚上的队哟,腰杆儿都要断了。"

雷大力慢悠悠地下车,看了眼小哥,又想了想,随即在裤兜里摸索一下,拿出什么拍在小哥手里:"再给你50块,这下可以了吧!"

说完,雷大力不再理会小哥,自顾自地锁了车朝校门口走去。

小哥低头仔细一看,居然是一张足疗店50块钱的代金券。小哥又将代金券翻过来一看,一脸难以置信地朝着已经走远的雷大力的背影喊:"要消费400才减50啊?!"

雷大力没有理会后边的声音。他心里其实很开心,有陆总出手,儿子上学这事儿就算板上钉钉了,他啥子都不担心了!此刻,雷大力双手插兜,根本不知道什么叫对手。

雷大力低头点了一根烟,想要提提神。他侧头看了看周围,随即被眼前的景象惊到了——只见一个巨大的蛇形队列方阵拐了几道弯,密密麻麻的全是家长,占据了整个广场,一眼望不到头。

雷大力心想,陪陆总这钱真是花在刀刃上了。

初升的太阳照亮了城市街道。在校门口长龙的龙头位置,保安在挨个发号,取了号的家长瞬间变得神气,趾高气扬地往里走,后面的家长则慌忙整理着手里的资料,一个个侧头往前看着,眼神里都是紧张和不安。

雷大力在队伍里神态自若地吃着早饭,他一手拿着热包子,一手举着热豆浆,慢悠悠地跟着队伍往前蹭。身后的家长不断推他,雷大力被推得不耐烦了,回头飙出一句:"小伙子,你有点狂躁哦!"

突然,校门口传来一阵吵闹声,家长们闻声望去,前面的队伍迅速骚动起来跑向前方。顿时,雷大力身后的家长也开始蜂拥向前,雷大力不明所以,也跟着人流跑了起来。

人群涌动的节奏越来越快,整个广场乱成一片,小凳子被人们踢得满地飞,场面完全失控,仿佛末日电影里僵尸来袭一般。有互相推搡的爸爸,有跑掉一只鞋光脚猛冲的妈妈,一个平日里坐公交车都需要别人让座的老太太拼命挤过雷大力,在超越他的时候不慎摔倒,雷大力刚想扶,就被后面的人撞倒了。只见老太太迅猛爬起,直接迈过雷大力的头继续玩命跑。趴在地上的雷大力还举着豆浆,看着有股子蛮劲的老太太像开挂了一样往前冲,不禁在心里感叹:现在的老人都这么猛了吗,到底谁才是弱势群体啊?

一阵兵荒马乱之后,众人围聚在校门口,把保安挤在正中间,保安害怕又为难地解释:"没号了,没号了,莫挤。"

只这一句话,便引起众怒,家长们七嘴八舌地声讨:

"熬了一个晚上,凭啥子不给号?!"

"我们来这里100多公里,你们必须要给个说法嘞①!"

"他手里肯定还有号!"

……

保安能怎么办呢?他也很无奈啊!

家长们开始前拥后挤,并疯狂地撕扯着保安,没几下他的帽子都被人掳走了。保安逃命般想挤进大门,好把家长们隔在门外,却被一双双伸进栏杆的手从背后拽住,保安像被吸在了门上,另外两个保安赶忙过来拽他。

---

① 嘞,四川方言常用语气助词,表祈使语气(含有理应这样做的意思)或陈述语气(含有事实或事理显而易见的意思)。本书借用"嘞"的发音。

雷大力一只手高举着豆浆,穿梭在一个个脑袋之间,终于挤到了门口。

负责招生的老师从校园里急匆匆地跑过来,一边大喊着"松手",一边帮忙拉扯被家长们紧抓不放的保安。这时,一个家长一把抓住保安的头发,直接把假发薅了下来。那老师惊慌地大喊:"假发,把假发还回来!各位家长,冷静一下,今天报名登记的号码发完了,请家长们留意我校官网的时间通知,没必要整夜排队!"

保安终于被几人合力从这些仿佛要"吃人"的家长们手中拉了回来,像捡回一条命般体会到了"劫后余生"的喜悦。

招生的老师也不敢逗留,只见他脸上难掩惊慌,匆忙转身回撤,恨不得一秒逃离现场。雷大力挤在铁门前,对那老师喊:"刘老师,我,是我,上周,陆总,陆总的局……"

雷大力脸上堆满笑容,这位刘老师在短暂的迟疑后,似乎认出了雷大力,于是悄悄冲保安挥挥手,示意放进来。

众目睽睽之下,雷大力挤过人群,从一旁的小铁门钻了进去。

刘老师看了雷大力一眼,眼神瞟过雷大力的手上。雷大力赶忙识趣地把手里的豆浆扔到一旁的垃圾桶里,跟着刘老师往前走去。

雷大力回头看了一眼,只见被堵在外面的家长们隔着铁门，用焦虑且羡慕的眼神看着他。雷大力无奈地吸了口气，恨不得感谢陆总的八辈祖宗啊，否则此刻他也只能站在铁门外，眼巴巴地看着。

没抢到号的家长们失望地散去，广场上一片狼藉——四散的小凳子、歪倒的行军床、吃剩的火锅、一地的麻将……

办完报名手续，雷大力总算放松下来，开车回了他的帝中海洗浴中心。

洗浴中心在一条老街上，是一栋面积不大的小二层楼，一楼洗浴，二楼足疗。生意一直不温不火的，店里的老客户和伙计们都劝他把店面重新装修一下，雷大力一直没动手，因为时机未到。

这会儿雷大力把车开到店门口，望着那个锈迹斑斑的招牌，上面写着八个大字——洗浴足道，中医推拿。足道的"足"字已经掉落一半，这招牌在一堆五颜六色的店铺中间并不起眼。走进去，也是表里如一的过时与陈旧，暗淡的欧式水晶灯和残破的墙纸……雷大力想，现在是可以考虑重新装修一下了。

雷大力浑身酸疼，这会儿只想找火哥给按摩一下，不承想火哥正带着儿子箭箭泡在澡堂子里。

雷大力疑惑地问:"箭箭今天不上学?"

箭箭快6岁了,说起话来还是奶声奶气的:"妈妈要我学游泳。"

雷大力给火哥一个疑惑的眼神。

火哥皱着眉头,一脸的无奈:"娃娃要参加游泳比赛,我婆娘下了死命令,必须拿冠军,这样升学能加分。"

雷大力已经对火嫂的操作习以为常了,他漫不经心地问:"她又开始逼箭箭了?"

"是嘛,幼儿园也不上了,办了退学,直接送到衔接班,为了上小学的事,天天跟老子吵,像得了狂犬病一样。你看下我脑壳,急得我毛都掉得没得①几根儿了!"

火哥一脸委屈地转过身,把后脑勺给雷大力看。

雷大力瞧了一眼,惊呼:"哦哟,鬼剃头。"

火哥越想越气,愤愤地说:"我婆娘就是那个鬼。"

雷大力给火哥一个同情的眼神。雷大力20多岁认识火哥,到现在也十几年了,他太知道火哥的性格,虽然长得有点痞气,其实人特别老实,还是个典型的"耙耳朵②",又娶了个厉害的老婆,天天在水深火热中"苟且偷生"。雷大力只是没想到,这么快就殃及孩子了。

雷大力想起早上外国语小学门口排队的场面,不由得点

---

① 没得,在四川方言中意思是"没有"。
② 耙耳朵,在四川方言中指怕老婆的人。

点头,又摇摇头,现在好像都这样,他绝对不赞同,但是又必须接受,所以他才剑走偏锋找了陆总。他从没想过要为难小米。

雷大力回到办公室,才如释重负般瘫坐在椅子上。办公桌上摆着几年前的全家福,照片里儿子雷小米还不到2岁,一转眼就要上小学了,时间过得真快啊!雷大力小声念叨着:"儿子马上就能进市重点小学了,他肯定会像你一样优秀。我办事,你放心!"

他一抬眼,眼神忽然落在桌子上新印的洗浴中心优惠券上——它似乎是肉眼可见的薄了。谁干的?雷大力忽然想到了什么,他眉心一跳,正要发作,手机忽然响了,他拿起来接听,只听对方这样说:"雷小米爸爸,请你马上到学校来一趟!"

声音严肃而急促,听得雷大力心里一咯噔,但随即又平静下来,老师说的是到学校而不是到医院,起码孩子没出安全问题,那……大概率是孩子又闯祸了。

都说有了孩子的父母,就像既有了铠甲,又有了软肋。现在,雷大力的软肋正在作妖。

雷小米正一如既往地在他的幼儿园大班午休床上"传道

授业解惑"。

午休室内摆着一张张小床，小朋友们有的歪歪扭扭地趴着，有的抠着脚趾，有的呆呆地望向窗外。很多小朋友还不知道，这可能是他们人生中最快乐的时光。

雷小米盘腿瘫坐着，三四个小朋友围在他身边，有的趴着，有的坐着。雷小米一副神秘兮兮的表情，话语间带着一股行走江湖多年的"大师"语气："今天讲个新课题！想不想听？"

一个小朋友心不在焉地问："啥子课题？"

雷小米一把拽掉旁边小胖子身上裹着的被子，小胖子羞羞地用手捂住一身白花花的小肥肉。小米拍拍裸着上身的小胖子："人体！"这两个字一出来，让雷小米身上的"大师"气质又增加了一分。

旁边一个蒙头盖被子的小孩瞬间从被窝里钻出来，瞪大了眼睛看着。看来气氛已经烘托得很到位了。

雷小米在小胖子身上边比画边说："人体啊，一共有720个穴位，从头到脚，还有很多经络。知道经络跟啥子有关系吗？"

小朋友们摇摇头。

雷小米故作深沉地回答道："吃饭，睡觉，屙屎，放屁！"紧接着，他对着小胖子指挥道，"你，趴倒！"

小胖子乖乖照做，雷小米指着小胖子的后背问："知道这叫啥子不？"

小朋友们回答："背。"

雷小米随即纠正："这叫膀胱经！很重要！"

随后，雷小米熟练地在小胖子身上按摩起来，还十分专业地询问："轻重合不合适？"

小胖子舒服地眯着眼睛，用地道的四川话回答"阔以阔以"，还拖着颇为享受的尾音。

雷小米边按边问另一个小朋友："你是不是屙不出屎？"

那小孩点点头，雷小米直接把小胖子这个"教材"的袜子扒了，把脚拽过来，然后使劲按着第四个脚趾，小胖子疼得直叫。

雷小米把语调放缓，故意制造出神秘的气氛，然后缓慢讲解："第四脚趾通胆经，专门治便秘，这个米哥我最拿手。"

雷小米的语气，神秘中带着一丝骄傲。

像是生怕错过了"大师"的免费看诊，又有一个小朋友赶紧问："那我尿尿分叉怎么办？"

雷小米毫不犹豫地回答："是泌尿系统有问题！"

雷小米开始按小胖子的脚心，小胖子的脸皱得更厉害了，一副痛不欲生的样子。

雷小米继续"专业"地讲解："肾亏就按脚心底，疏肝健脾强腰身,这样按,保证你以后屙尿又顺畅又舒服,绝对不会分叉!晓不晓得?"

在雷小米一顿操作猛如虎,把几个小朋友看得目瞪口呆之际,雷大力已经站到了幼儿园的办公室里。

办公室不大,桌子上还堆着各种折纸模型,令人眼花缭乱。班主任陈老师正在吃午饭。

陈老师一边嚼着盒饭,一边严肃地盯着雷大力。这个陈老师是新来的,带小米还不到一年,跟雷大力父子在方方面面都磨合得不太好,分分钟就被雷小米气炸,时不时就叫雷大力过来训话。

陈老师盯了一会儿,干脆连饭都不吃了,厉声问道:"您儿子的手工作业是您在淘宝上买的吧?"

雷大力赶忙解释:"哎哟那个事情,娃儿折腾到半夜,困得两个眼皮都打架了,确实弄不出来,我不可能逼倒公鸡下蛋嘛!"

陈老师气得直接冒出方言:"那你也不能买个灵房交作业嘡?!"陈老师把一个闪着小彩灯的纸灵房放到桌上,揭开房子牌匾上被粘住的纸,露出"名垂千古"四个字。

陈老师一脸讽刺地望着雷大力:"相当精致哟,这是要把我送走嘡[①]?"

[①] 嘡,四川方言常用语气助词,表疑问。本书借用"嘡"的发音。

雷大力尴尬地笑了笑，拎了拎小彩灯，颇为讨好地说："我还是搞了下精装修滴。"

陈老师更生气了："少跟我乱扯，马上幼升小了，小米天天只晓得给别个^①捏脚，你还是要教他做点正事嘛！"

雷大力解释："我一直在教他噻。"

女老师急了："教他啥子？教他给同学们推销足疗卡唛？"

女老师把几张优惠卡拍到桌上，雷大力用力拒绝："这个真不是我教的。"

看来儿子这是耳濡目染、无师自通了，雷大力在心里嘀咕着。

陈老师学着雷小米的样子喊了两句："九折八折，多买多得！"然后又生气地说，"他还问我买不买，你哩^②娃儿真可以哦，幼儿园都搞成足疗店了！就他这副样子，哪个小学会要他？！"

雷大力听到这些，也不气恼，反而很得意地说："外国语，搞定了！"

陈老师惊讶地抬起头："真哩假哩？外国语小学？市重点哟！"

雷大力更加得意了："托了点儿关系，稳妥得很。"

说着，雷大力笑呵呵地把那几张足疗卡推到陈老师面前，

---

① 别个，在四川方言中代指别人。
② 哩，四川方言中常用助词，相当于"的"。

有点儿神气地说:"娃儿哩事情你费心了哈。我看你黑眼圈怕是有点重哦,最近是不是有点儿失眠多梦哟?这样,你有空去我店里,我好生给你调理一下。"

听起来明明是示好的意思,但总让人觉得有一丝挑衅的意味。陈老师看着雷大力,一副无语凝噎的表情。

雷大力乐呵呵地说:"人生,啥子最重要?"

陈老师气得……一点都不想生气了。

"健康!健康是最重要的!"雷小米坐在床上,还在"讲课"的他隔空"回答"了雷大力的问题。

床上的小胖子连裤子都被扒掉了,只剩一件单薄的裤头,孤零零地守护着他最后的尊严。

雷小米似乎不打算就此放过小胖子,开始给他敲腿,小胖子疼得龇牙咧嘴。

雷小米也是极其注重"客户"感受的,在敲了几下后,低头问小胖子:"通过我的治疗,感觉如何?"

赤裸的小胖子委屈地说:"我感觉,有点冷……"

听到这里,雷小米赶紧更换"战术",开始给小胖子做全身按摩,试图让他暖和起来,好让他能坚持住接下来的"人体教学"工作……

小胖子隐隐感觉有些不妙,他双手死死按住自己的裤头,生怕最后一丝尊严不保。

2
第二章

天有不测风云

阳光刺眼，天气燥热，这座城市感觉快要燃烧起来了。

雷大力接了放学的雷小米回去，一路上经过一片老城区，马路狭窄，又堵又挤，一路走走停停，终于堵在了长堤街小学大门口。长堤街上充斥着各种杂乱底商，以这条街的名字命名的"长堤街小学"，学校大门直接临街，只看学校简陋的大门和装饰，就能看出这是一所很普通的小学。

下午4点半，接孩子的家长大军拥挤在校门外，乌泱泱一片，把道路围得水泄不通。在这拥挤不堪的人群中，依然有各种教育机构的销售混迹在家长中间，举着醒目的黄色广告牌，不放过任何向家长推销的机会。"新思维教育托管中心""好少年寒暑假训练营"等机构的工作人员各自发着传单。

他们看似是在向家长推销，但最终的"受害者"，实际上是那群还未知世事险恶的孩子。这哪是不放过家长啊，是不放过孩子才对吧！

放学后的孩子们打闹着猛冲过马路，险些被车撞倒。路边流动的小吃摊边上，一个小孩吃着油乎乎的烤肠，直接被家长一把薅走。

雷大力开着车慢慢往前蹭，校门口这100多米，按照雷大力的经验，没有20分钟过不去。破捷达屁股上贴着"车内有娃，越催越慢"的醒目贴纸，雷大力却在一边心急火燎地狂按喇叭催促前面的车，一边打着电话。

雷大力用有点讨好的语气对电话那头的人说："陆总，我的哥，外国语已经报起①了！还是你的面子大啊……哈哈哈……"

陆总对这种奉承很是受用，他用一种势在必得的语气回道："我就说嘛，喝几顿酒，这个事情不就解决了嘛……"

这件事情的"主人公"雷小米则瘫在后座上，研究着生鸭蛋和迷你孵蛋器，似乎对爸爸说话的内容一点都不感兴趣，完全是一副局外人的样子。

一辆电动车疯狂地一边鸣笛一边夺命般穿梭在车辆间，反光镜擦着雷大力车的后视镜呼啸而过。

雷大力的怒火瞬间被点燃，他气愤地把头伸出窗外骂道："看倒点儿嘛，骑个电瓶车还以为自己是赛车手。"但转瞬之间，又立马和颜悦色地对着电话说："……好好好，孩子干爹办事就是稳妥！等发了录取通知书，必须要好生请你再喝一顿……"

---

① 起，四川方言中常用动词，用在动词之后，表示动作完成或达到目的。

陆总不咸不淡地说:"不用,最近辟谷,啥子酒都不喝了……"

发传单的小伙子眼疾手快地往雷大力的车里塞着培训班的广告传单,并习惯性地介绍:"大哥,幼升小衔接班,在线辅导双师教学,您孩子几岁了?"

雷大力不耐烦地说:"不要不要!"转而又满脸堆笑地对着电话说,"要得要得,那你先忙倒哈……"那边没等雷大力说完,就挂断了电话。

广告传单已经在雷大力说话的间隙被扔进车里,雷大力随手扔到车前,那里已经堆了一摞传单。

雷大力挂断电话,丝毫没在意陆总的态度,开心地望向后视镜里的儿子,小米正在挖鼻屎。

雷大力抱怨道:"又挖鼻子屎!"说着,便抽了一张纸巾递给小米,又接着说,"跟你讲哈,以后不要把足疗卡弄到幼儿园去卖哈!"

雷小米瘫在后座上,接过纸巾,不擦鼻屎,反而小心翼翼地擦拭鸭蛋。雷小米一边擦拭鸭蛋一边一本正经地说:"我那是为了帮你赚钱!店是不是要倒闭了?"

雷大力听了心里一动,有点心疼小米,但依然用一副轻松的语气说:"哦哟,看不起你老汉儿①,等过两天我把店面

---

① 老汉儿,在四川方言中意思是"父亲"。

重新装修一下,生意绝对好到爆!"

雷小米"切"了一声说:"又吹牛。"

雷大力用一口川式普通话说:"给你搞进外国语小学,我没吹牛嘞。"

雷小米把吸管插进一盒酸奶里喝了起来,同时摆出一副无所谓的表情说:"上哪儿都一样。"

此刻,雷大力的车正好经过校门口,他指着那所破小学的门口对雷小米说:"肯定不一样!外国语和屋门口这个烂学校比,可以说完全秒杀它。"

雷小米依然不为所动,不紧不慢地说:"刘莎莎也上这个学校啊。"

"刘莎莎?"雷大力好奇了起来,带着一点八卦的心思问道,"你女朋友啊?"他在说到"刘莎莎"这三个字的时候,还用了普通话,格外字正腔圆。

雷小米斩钉截铁地回答:"我女神。"

雷大力有些意外,雷小米这话说得够正经的,他是该担心什么,还是不该呢?

雷大力从反光镜里瞟了一眼儿子,接着问:"女神?长啥子样子,好不好看?"

雷小米没有回答。

车刚好驶过一家小粉灯养生店。只见这家"养生店"门口停着警车,各种打扮的小姐排着队从里面晃悠着出来,一副见怪不怪的样子。警察指挥着她们上警车……

堵车终于松动了,雷大力赶紧加速驶离。

车开到洗浴中心门前停下,雷大力拎着一兜子零食下车,跟雷小米聊起了家常:"今天屙屎没得欸?"

雷小米也下了车,用很认真的语气回答:"很使劲了,但屙不出来。"

雷大力接着说:"自己都屙不出来,还教别人治便秘啊?来,再喝一个。"雷大力一边说着,一边快速从兜底拿出一盒酸奶递给雷小米,抬头便看见前一排车都被贴上了违停罚单。

雷小米看着雷大力,见怪不怪地问:"老办法唉?"雷大力四下看看,用眼神示意。

雷小米立马心领神会,灵活地溜边跑到前车,只见他熟练地揭下罚单,朝着背面"呸"了一口口水,然后把罚单贴到了雷大力的车窗上。

雷大力一手拎着零食,一手牵着小米,两人开开心心地走进洗浴中心。

雷小米嘴里还念着自创的按摩口诀:"便秘按中枢,屙屎噗噗噗……"

一进大厅,雷大力便看到店里服务员惊慌失措的样子,于是赶紧拉住一个询问发生了什么事。服务员支支吾吾地说不出个所以然,最后语无伦次地说:"您快去澡堂子那边看看吧!"

雷大力把零食递给小米,让他先回办公室待着,然后急匆匆地往澡堂那边走。在更衣室前的走廊上,透过窗户,他看到火哥和另外两个服务员正围着一个像是喝多了的大哥,大哥一脸气愤。

澡堂池边,火哥不断地对大哥道歉:"对不起,真的对不起……"可是除了"对不起",火哥也找不到什么程度更深的词语来表达歉意,他都快急哭了。

雷大力走进澡堂子,只见箭箭戴着一个泳帽,一脸委屈地坐在池边对面镜子前的小凳子上。

雷大力虽然不知道发生了什么,但觉得肯定不是什么好事,于是笑盈盈地走上前,赶忙先递烟,大哥根本不接,气愤地飙出一口东北话:"你就是老板?你们这是游泳池吧?咋不把房顶拆了整个高台跳水啊?!那孩子咔咔一顿游,信马由缰,跟喝了鸡血似的,这是赶着送游泳队为国争光啊?就他那个脚丫子咋这么有劲呢,那真是'旋转,跳跃,我闭着眼'啊,翻身一脚踹我前列腺上了!"

雷大力听完,脑袋里"嗡"的一声,知道这是真闯祸了。

可不远处的箭箭还一脸困惑地问:"啥子是前列腺?"

他还是个孩子啊!怎么会知道前列腺的重要性,尤其是对男人的重要性,他甚至不知道前列腺是什么!

火哥气得回头吼了一声:"你闭嘴!出去。"箭箭得令,赶紧离开了这片是非之地。

雷大力怕矛盾升级,赶紧说:"哎哟,对不住哈老板,没踹坏吧?我看一下!"

雷大力上前想掀浴巾看一眼,大哥赶紧捂住裆部,更气愤了,脱口而出:"看什么看!真踹废了你能治啊?"

雷大力赶紧赔着笑脸,没话找话,他一眼就看到了大哥胳膊上的文身,竟然是几只小蝌蚪,他还是第一次见。

雷大力立马赞赏:"哟,这文身可好哦,这是多子多福的意思吧?"

大哥一脸不忿:"啥多子多福!这叫小蝌蚪找妈妈,你有童年吗你?!"

雷大力继续赔笑:"好得很好得很,大哥,今天莫跟娃儿计较噻,这样子,我是老板我拍板,今天免单,以后常来,一律五折。"雷大力说出了短时间内他能想到的最大补偿,心里一直打鼓。

大哥愤怒不减,还是怒喊:"就你这破店要啥服务都没有，还来干啥，来送死啊?!"

大哥说完起身要走，雷大力深知绝不能让客人就这么走了，多年的职业经验告诉他，如果这大哥今天就这么走了，以后可能就真的没完了。于是，他赶紧扒着大哥的胳膊，跟了上去。

雷大力继续加码："我们是正规店。这样嘛，我给你服务，我手法还可以的！"

大哥一挥胳膊挣脱开："我要你干啥玩意儿？"大哥一怒之下甩开的动作幅度有点大，胳膊肘不小心打在了雷大力的鼻子上，雷大力只觉得脑子里又"嗡"的一声，下意识地捂住了鼻子。服务员和火哥还没反应过来，雷大力捂鼻子的手已经松开，鼻血也在同一时间流了下来，火哥一下子就愣住了，大哥也震惊了。

火哥又气又急，脸涨得通红，一时之间不知道该跟大哥理论，还是该给雷大力止血。见火哥握住了拳头，像是要有动作，雷大力抹了把鼻血，笑着赶忙拦住火哥："没得事，没得事。快给大哥找个贵宾房，巴适哩捏个脚。"

火哥心领神会，赶紧赔着笑脸请大哥去贵宾房。兴许是因为误伤了雷大力，还见了血，大哥内心有点愧疚，便不再推辞，跟着火哥走了。

火哥把大哥安顿好，还招呼了一个师傅给大哥捏脚，这场风波才算告一段落。

雷大力的鼻子里塞着卫生纸，从厨房里端出两盘牛肉，优哉地走在走廊上，他要犒劳一下自己。火哥双手捧着一个火锅盆，一脸歉意地跟在雷大力后面，火锅盆挡住了他胸前的牌子，那牌子上是他的身份——经理：火春风。

雷大力推开办公室的门，火哥把火锅放在茶几上。

这间办公室不小，正中间摆着雷大力的那张破办公桌、全家福和关二爷像，角落里七零八落地堆着坏掉的理疗仪器和拔罐工具，墙上挂着一个老招牌：御足天下。房间里丢弃着各种玩具，墙壁上贴满了儿童贴纸，整个房间都乱七八糟的。房间里面有一个套间，是雷大力父子俩居住的地方。

雷大力坐到沙发上，菜已经摆好了。雷大力开始煮火锅，火哥顺势坐在了他对面。

雷大力摸摸鼻子，似乎有一丝伤感："我刚刚看箭箭整个人都泡发了。"

火哥有点不好意思地低下头："明天不带他来了，要学游泳就让他妈妈找教练教。"

雷大力义愤填膺地对火哥说："你婆娘都是被妈妈群那

些姐儿妹子①搞成神经病哩②,啥子都要拼,拼完包包拼房子,拼完老公拼儿子!箭箭还是个小娃儿,又不是机器!你看他累成啥子样子了嘛,你不觉得很可怜唛?!"

火哥无奈叹了口气,反问雷大力:"你不是也让小米上重点小学了唛?"

雷大力立马反驳:"我那是找哩关系,又不是强迫娃儿。我从不逼小米学些啥子,他一样啥子都会。"

雷大力虽然只有职高学历,但他始终明白,想要孩子达到什么样的高度,就要先自己努力,而不是无止境地要求孩子。就像孩子没有抱怨你的平庸一样,你也应该接受孩子不是天生的人中龙凤。雷大力和小米就是这样,小米不要求他,他也不要求小米,开开心心皆大欢喜,终于……把父子处成了兄弟。

正说着,雷小米猛地推门冲进屋,跨步踩到办公椅上,闷着头翻箱倒柜地找东西。

雷大力缓了缓神,问小米:"学校游泳比赛你咋个③不参加呢?"

小米头也不回,一边继续翻找一边回答:"老师说只会狗刨就不用去了。"

---

① 姐儿妹子,在四川方言中泛指姐妹。
② 哩,四川方言中常用语气助词,相当于"呢"或"了",表陈述语气。
③ 咋个,在四川方言中意思是"怎么、怎么样、怎么着"。

刚吹过牛皮,话都没凉呢,雷大力此刻觉得脸上有点挂不住,于是赶紧找补:"老师懂个屁,狗刨就是幅度小点儿的自由泳!你找啥子?过来吃饭!"

雷小米终于找到了想要的精油:"我给箭箭推油,精油不够了。"

雷小米刚说完,箭箭便满身油亮地从门口冒出来。只见箭箭穿着一次性内裤,满脸通红,一副可怜兮兮的样子,声音略微颤抖地喊了声"爸爸"。

火哥见儿子已经被折腾成这副样子,赶紧向雷小米发出请求:"小米,推油做完后,艾灸能不能不要再做了?箭箭已经上火了。"

雷小米回头,本想对火哥说还不够,结果惊讶地发现雷大力的鼻子塞着卫生纸。

雷大力看到儿子注视着自己,赶忙把卫生纸抽出来扔掉,然后心虚地解释:"没事儿,我也上火了。"

雷小米不接话,从办公桌底下直接钻到了茶几旁,拿起一片午餐肉吃了起来。吃完手上的食物,雷小米才开口:"那就少吃火锅嘛,一会儿给你拔个罐,等我。"

看小米没起疑心,雷大力这才如释重负,故作轻松地调侃:"要得,小米师傅。"

雷小米转头跑了出去,拽着箭箭的纸内裤,一溜烟儿地把他也带走了。

火哥呆呆地望着小米的背影,嘴里念叨着:"你这个儿子都快成高级技师了。要我说啊,非要上啥子重点嘛,干脆开澡堂子吧!"

"澡堂个锤子①!"雷大力斩钉截铁地反驳道,"老子这么拼命,都是为了让他长大不要跟我一样!他妈去世前我答应过她哩,要好好照顾小米。我一定让小米有出息,上个好学校。男人,站起②屙尿哩,我必须说到做到。"

火哥顺着雷大力的眼神,看了眼柜子上摆着的照片,那是小米妈妈高亚君的遗像。相片里的女人即使是黑白色的,也能看出文文静静、漂漂亮亮的,眼睛格外明亮,一副天生的学霸模样。谁能想到这位医科大毕业的高才生会"下嫁"给雷大力这样的职高生,原以为是天赐良缘,到头来才知世事无常。

火哥闷了口酒才道:"小米妈走了也快5年了吧?"

雷大力点点头:"4年9个月21天。走的时候小米不到2岁,现在小米6岁半了。"雷大力顿了顿,又说,"小米眼睛像妈妈,脑壳也随妈妈,精灵得很,看啥子会啥子,绝对是读书的料。"

---

① 锤子,四川方言中骂人语,表示强烈否定和不满。
② 起,四川方言中常用助词,表示动作行为或性质状态的持续,跟"着"相近。

说到小米，火哥就想起箭箭，不免有些心酸："哎呀，又不想娃儿累，又想他有出息，太难了。"

雷大力一听，满不在乎地一抹嘴，起身走到柜子前，把雷小米翻出的东西都塞回柜子里，胸有成竹地说道："哎呀，有啥子难哩嘛！回头我请陆总再喝一顿，把箭箭也弄'外国语'去，简单得很，你就好生养脑壳上哩那坨毛儿嘛，打点儿小麻将，吃点儿麻辣烫，那些渣渣事情，哥子①们给你摆平！"

雷大力敢这么吹牛皮，底气都是陆总给的。

雷小米又跑了进来，兴冲冲地说："雷大力，再来瓶精油。"雷小米很少喊雷大力"爸爸"，经常直呼其名，雷大力也从来不觉得这有什么问题，有时候他也叫"小米哥"，总之，开心就行了。

雷大力惊讶于精油耗光的速度："耶，你两兄弟是把精油当饮料喝光了唛？"

雷小米也不接话，直接爬到坐在办公椅上的雷大力的身上，踩着他的腿在柜子里翻。雷大力顺势抱着小米侧过头，把一个精致的礼盒放到火哥面前："这是店里头刚进的护肤精油，吸收好得很，送你婆娘一套。回去把她哄高兴，好生商量，莫天天打架。"

---

① 哥子，四川方言中常用于男性自称，略带自负意味。

单论讨老婆欢心，火哥丝毫没有"近朱者赤"的觉悟。他看着精油礼盒，叹了口气，心有不甘且十分委屈地说："我们哪儿是打架呢，一直都是老子在挨打。"

　　这时，一双油乎乎的手从身后拍了拍火哥的肩膀。只见箭箭脸和头发上也被抹了精油，已经成了一个小油人。箭箭可怜巴巴地说："爸爸，我不想推油了，我难受。"

　　雷大力意识到再搞下去真的要出问题，在他和火哥的极力劝说下，小米师傅终于放弃了继续折腾箭箭的念头，带箭箭去洗了个澡，再带着清爽的箭箭回办公室把火锅吃了。

　　夜深了，老街道霓虹灯闪烁，车流渐少。洗浴中心也打烊了，火哥带着儿子箭箭回了自己的家。

　　雷大力和雷小米像往常一样躺在床上开了会儿卧谈会。

　　雷小米摸摸雷大力的鼻子："还痛不痛？"

　　雷大力心头一震，赶紧拿下小米的手："不至于哈。上火流鼻血正常得很。"他顺势给小米摸摸肚子，没一会儿小米就开始噗噗噗放臭屁。

　　雷大力皱起眉："小米哥，你造生化武器唉？商量一下，明天多吃点青菜？"

　　雷小米一副大佬的姿态："我考虑一下。"

　　雷小米想了想，问雷大力："上外国语小学花了好多[①]

---

① 好多，在四川方言中意思是"多少"（问数量）。

钱?"

雷大力道:"这个你不用操心。老汉儿虽然没得钱,但还是有点噻。"

雷小米忽然问:"你希望我像妈妈,长大了也当医生?"

这一点,雷大力还真没想那么多,就说:"你喜欢啥了就干啥子噻,妈妈是妈妈,你是你。"

"那妈妈当医生当得好不好?她喜不喜欢?"

雷大力沉默了,他没有参与高亚君的青春,他遇到高亚君的时候,她就已经是市人民医院的实习医生了,严肃、认真、细心,说着一口软糯糯的上海口音的普通话。

那时候雷大力的洗浴中心刚开业,有一天,有人来闹事,雷大力年轻气盛,就跟对方干了起来,一块玻璃掉下来,落在雷大力的手臂上,扎了好多玻璃碴,就是高亚君给雷大力缝针包扎的。高亚君对雷大力那叫一个认真,说雷大力是她第一个负责的重伤病人,必须对他的生命负责,要求他这也不能吃,那也不能喝,还要注意卫生,不能感染,干个啥都要消毒。他看到高亚君对她自己也是如此,手机上套着保鲜袋,下了班全方位消毒才拿出来。这给雷大力整乐了,就天天去找她报到换药,伤口好了也去。雷大力还总是一副手很痛的样子,高亚君给他做过各种检查发现一切正常,然后很肯定地告诉雷大力,他已经没事了。雷大力一脸无辜地说:

"有没有可能是内伤？"高亚君对自己的专业水平很有信心，明确告诉雷大力不存在内伤。雷大力就心虚地往心理疾病上引："大概……是有心理阴影了吧？"高亚君听后，很同情地问："你以后怎么办？"

雷大力原本对高亚君是不敢抱什么希望的，人家是上海医科大学毕业的研究生，他一个职高毕业的洗浴中心小老板，真是不敢高攀。但人都有不能自已的时候，他想了想，还真是喜欢高亚君这个模样，用软糯糯的腔调说着严肃的话，他就天天去跟高亚君聊天，讲讲笑话逗逗她。两个月下来，他发现高亚君脸上的笑容多了起来，雷大力心中的小火苗亮了亮，这是有戏啊！

手臂传来麻木感，雷大力回过神，发现是小米枕着他的手臂，抓着他的耳朵睡着了，还打着小小的呼噜，在宁静的夜里，这小小的呼噜声也显得软糯糯的……

接连好几天，雷大力给陆总打电话、发短信，都是一个中心思想：

"陆总，给你送了几瓶酒。学校到底好久[①]发通知嘛？"

"陆总，店里伙计从老家搞来的土特产，放在你办公室

[①] 好久，在四川方言中意思是"什么时候"。

了哈。"

……

陆总只回:"我办事,你有啥子不放心的嘛。"

雷大力把心放进肚子里,风平浪静地过日子。

这一天晚上,忽然起风了,吹得外面的招牌"咣当咣当"响。怕砸到人,雷大力便跑出去查看,顺便拿着透明胶带把掉落的"足"字胡乱粘上,像是在跟这苟延残喘的老招牌商量似的说:"再等两天我就装修,给你弄敞亮了。"

雷大力转头看向自己的车,随即爆了一句粗口。只见车窗上两张罚单整整齐齐地并排成行,雷大力愤愤不平地撕下其中一张,揉成团抬手便扔出去,正好砸在店门口一个老人的后脑勺上。雷大力一边想着"这也太巧了吧",一边赶忙道歉:"哟,不好意思哈,大哥。"

老人慢慢转过头,雷大力看清老人的样貌后先是愣了一下,然后才下意识地喊了声:"爸。"雷大力完全没有料到岳父高天明会来,应该说,是没想到他居然不死心地追来了。是的,报名前夜,喝了大酒的雷大力挂断的那通电话,就是高天明打过来的。高天明住在上海,自从高亚君去世后,两边的来往更少了。雷大力上次见到高天明,还是两年前。高天明说是来给小米过4岁生日的,却提出想把高亚君的一切都带回上海,那次他们就闹得不欢而散,想不到这次又来打小米的主意。两年不见，高天明老了不少，整个人清减了很多，但依旧不改严肃的学者气质。

高天明站在路边的霓虹招牌下望着雷大力，咳嗽了几声，雷大力这才回过神，带他到洗浴中心办公室。

高天明打量着这间陈旧的办公室，柜子侧面摆放着一张雷大力抱着足疗保健技能大赛奖杯咧嘴大笑的照片，边上摆了很多高亚君的照片。高天明轻轻拿起一张，照片中，高亚君身穿硕士毕业服，微笑着站在上海医科大学的门口，正值青春，却又隐约带着些许暮气。那个时候他为什么没有注意到这些呢？高天明小心翼翼地用手指轻轻抚摸照片上的人，眼睛里已经有了温热的液体，但他的高傲和自尊不允许他轻易落泪，他尽量克制住要哭的冲动，因竭力隐忍的身体在微微颤抖。

看了良久，高天明慢慢地把照片放在高亚君的遗像旁边，透过窗户望向里面狭小的套间，小米正歪七扭八地睡在床上。高天明不自觉地皱起了眉头，收回了视线。他一低头，只见手边桌子上放着一瓶茅台，上面插着一根儿童吸管，便惊讶地问道："小米这么小就喝这个？"

雷大力一直站在镜前的洗手池边忙活着冲洗茶杯，听见岳父这样问，赶紧解释："不是不是，给他杯子他不用，非拿这个喝水。孩子嘛，淘了点。"

高天明脸上依旧一副不可思议的表情，雷大力突然有种似曾相识的感觉。高亚君有时候也会有那样的神态，尤其是当她觉得他做了一件匪夷所思的事情的时候。

雷大力洗完杯子，坐到办公桌前，开始冲茶。他一边冲茶，一边说："这是今年新采的茶叶，一会儿您拿两包回上海。"

高天明没有理会茶叶的事，而是直奔主题："我只能亲自来找你……那个提议，你决定了吗？"

雷大力低头摆弄着茶具，不说话。

高天明毫不客气地接着说："当初你和亚君结婚，我是闹了脾气，但已经过去这么多年了，小米毕竟是我外孙……"

雷大力依旧不说话。

高天明走到桌前，把几张学校资料放到办公桌上给雷大力看，并自顾自地说着："亚君的妹妹亚琳，你还记得吧？她从国外回来了，她儿子 Lucas 正在上海读最好的小学。我希望小米能去上海上学，我从科学院退休了，能全力辅导他，如果俩孩子能一起在上海学习，互相影响，我保证他未来会很好……"

雷大力直接把给高天明的茶放到资料上，转身去收拾小米散落一地的玩具，边收拾边说："我早就说过，小米哪儿都不会去，只能跟倒我。"

高天明急了，连带着刚刚看到小米生活在这种不堪的环境中的怒气一并爆发出来:"跟着你?跟着你住办公室?跟着你在澡堂子这种乌烟瘴气的环境中长大?别怪我说话难听,亚君本可以发展得更好,但她跟了你,这辈子已经废掉了,小米不能再毁了!"

雷大力也急了,有点口不择言:"亚君是咋个废掉哩?是因为跟我结婚放弃留学吗?是,她是学历高,但小时候你是咋个逼她,你搞忘了唛?她又是咋个得哩抑郁症嘛?你难道不清楚唛?"

这一连串的反驳,让高天明一时间哑口无言。雷大力继续用特别坚定的语气说:"我答应亚君哩事,我每天都记得倒!我晓得你看不上我,我今天把话放在这里,我雷大力哪怕当龟儿子,也要把小米送进一个好学校!"

雷大力是这么说的,也的确是这样做的。他可以为了小米低声下气地去求陆总,可以不顾身体,一杯接一杯地陪陆总喝酒。尊严、面子,雷大力早就抛诸脑后了。他从未忘记答应老婆的事情,在他雷大力心里,说到做到才算男人。

高天明沉默片刻,又认真地说:"不要意气用事,想想小米的未来。在这座城市,你也没有什么过硬的人脉。而且,这里的学校怎么能和上海的比?"

这话有点过分难听了。雷大力想起之前那通电话里高天明咄咄逼人的质问:"雷大力,你有更好的选择吗?""孩子跟着你,能有什么未来?"

现在,在高天明面前,雷大力终于有了一丝底气:"有件事告诉你,'外国语'!这座城市最好的小学!我已经找好了!"

高天明有些意外地睁大了眼睛,但也依然没有放弃他的想法:"还是要把眼光放得长远些,就算解决了小学,还有更重要的初中、高中呢?如何更好地培养孩子、孩子的眼界……你想过吗?"

雷大力叹了口气:"娃娃除了上好学校、学习好,就不要其他的了?你就是这样培养亚君的唛?她满足你的要求没得?你有没有问过她到底过得开不开心?"

高天明也被激怒了:"雷大力,亚君是我的女儿,失去她我也很心痛。"

这时,卧室门口传来轻轻的声音:"外公?"两人转头,只见小米睡眼惺忪地站在套间门口。

高天明看着小米,两年不见,小米长大了很多,一双眼睛跟高亚君一模一样。

小米走到高天明面前,高天明摸摸小米的头:"外公来看看你,好久不见。"

小米还是迷迷瞪瞪的:"你也想我妈妈了?"

高天明只觉鼻子一酸,抬起手装作不经意地拭了拭眼角。

"太晚了,先送我回酒店吧。"他对雷大力说。

雷大力的车行驶在马路上,坐在副驾的高天明望着窗外,路边的霓虹灯映着他那张面色有些苍白的脸,他一直在咳嗽。

车开到酒店前的路边,高天明坐在车上没动,开口道:"别怨我,亚君是我们俩的遗憾……但我们都希望小米能更好,在这一点上,我们没有分歧。"

雷大力从后座包里抽出一张老旧的彩笔画,递给高天明。高天明接过来看了看,那是一幅很简单的画,没有什么特别的深意,画的只是一个笑着的爸爸。

雷大力解释道:"亚君跟我说过,这是她小时候画的你,但一直不敢拿给你看,我就一直帮她留着。现在终于有机会给你了。"高天明没说话,拿着画下了车。

雷大力隔着车窗望着高天明走远,突然喊了一声:"爸,注意身体。"高天明没回头,咳嗽了两声,也许是没听到,也许是不想回应。一个落寞的背影,就这样捏着一张画,默默走进了酒店。

第二天,雷大力接小米放学回家,依然堵在了长堤街小学门口。雷大力看着人来人往,心想,小米马上就要大班毕业了,这条路是走一次少一次了。

小米依旧是老样子:"雷大力你快看,那就是我女神刘莎莎。"

雷大力看着眼前一个身高近 1.5 米、戴着眼镜、梳着长辫子的姑娘,震惊了:"刘莎莎上几年级了?"

"她马上要进毕业班了。应该是……五年级?我好多次堵车时都能看到她,我觉得她很有趣……"

雷大力意识到这可能不是一件小事,他把小米的身体扳过来摆正,一本正经地说:"小米哥,我们可能要谈一下哦。"

这时雷大力的手机响了一下,是高天明发来的信息:"我回上海了。希望你的选择是正确的。有困难找我。"

雷大力笑了笑。

"谈啥子?"小米戳戳他的脸。

雷大力看小米懒洋洋地挖着鼻屎,就觉得自己刚才可能小题大做了。

生活再次平静了下来。

洗浴中心的生意依旧不温不火,雷大力下了第 30 次决心要重新装修。

火哥依旧在水深火热中"苟且偷生"。箭箭游泳比赛没拿到第一名,火嫂把火哥骂了一顿。

雷小米的技艺越发精湛了,这当然少不了箭箭这个"实验体"的功劳。雷小米把自己学到的十八般技艺统统用在了箭箭身上,箭箭也在这么小的年纪,过上了别人不会羡慕的、天天按摩的"奢靡"生活。

这段时间,雷大力觉得格外轻松,不景气的洗浴中心也没能成为他的烦恼,因为他已经解决了人生中最重要的事情之一:让小米上一所好学校。

但生活就是这样,当你觉得一定不会出意外时,总是要出点意外的。

这天中午,火嫂来接箭箭去上课——火嫂给箭箭报的幼小衔接班已经上起了语文和数学课。箭箭对学习丝毫不感兴趣,跟小米哥玩多有意思啊!

火嫂望着箭箭不开窍的样子就犯愁,铁定了心也要去衔接班,死马当活马医。火哥同情儿子,但吵架又吵不赢火嫂,只有鼓励箭箭:"脑壳空不要紧,关键不要进水。"

箭箭老实地说:"爸爸,我脑壳早就进水了。我游泳的时候觉得脑壳头有水在晃动啊。"

火哥不敢跟火嫂直说,只能隐晦地表达:"我们养娃儿……就随缘嘛!"被火嫂狠狠地剜了一眼。

火嫂看到雷大力和雷小米挺着两个白肚皮悠闲地坐在大厅里吃西瓜,就说:"雷哥,手续办完了?哦哟,有关系就是不一样啊。"到底是有点羡慕的。

雷大力得意地点点头:"我还是有点关系的哈。"但再想想火嫂的话,就听出了点问题,"手续我还没办,但是材料都交了,就等录取通知了。"

火嫂也纳闷:"不应该哦。我们妈妈群里头,有上外国语小学的,都在说学校通知今天办入学。"

雷大力一个激灵弹起来,喊小米:"你去找火哥,我出去一趟。"

雷大力冲到外国语小学。招生办公室里,负责招生的那个刘老师和另一个老师被各种家长和材料围堵着,他们不耐烦地不停重复着"户口本原件""预防接种卡"等固定词语。

办公室门口,还有大批家长挤不进去,雷大力也跟着玩命往里挤。刘老师逆着人流探出身来,对着家长喊:"各位家长,录取通知上都有材料说明,准备全了再来登记啊。"

雷大力见刘老师探出了身子,赶紧抓住他:"刘老师,我,是我。录取通知我没收到,是不是漏发了?"

刘老师看了他一眼继续喊,不是在回答他,而是针对所有雷大力这样的情况:"收到录取通知的才能进来登记啊,其他的人不要挤。"

雷大力慌了:"刘老师,刘老师……"刘老师不理会他,转身回了办公室继续忙自己的事。雷大力留在原地,一脸呆滞,他实在不知道出了什么问题,也实在不理解为什么会是这样。

雷大力赶紧拿出手机给陆总打电话,第一次陆总没接,第二次打过去,已经关机了。雷大力真的急了,赶紧往外走。学校外面一堆人在发补习班宣传广告,有张传单直接递到了雷大力面前:"兄弟可能会欺骗你,女朋友也可能会背叛你,但是数学不会。数学不会就是不会,赶紧报名吧……"

雷大力不耐烦地推开,心急火燎地上了车。

3
第三章

我自横刀向天笑

雷大力在洗浴中心呆坐了半天，没联系上陆总，又觉得不能就这样坐以待毙，于是开车去陆总的公司找他。陆总不在公司，雷大力问了快10个人，才摸到陆总的行程，又赶紧开车追过去。

陆总正在郊外一家日式温泉中心休闲。

陆总穿着一身高档浴服，穿过幽静湖边的日式走廊，大步走着。雷大力则穿着自己的衣服，满脸焦急地一路跟着陆总。

见陆总没有停下的意思，雷大力赶紧问："陆总，陆哥，那到底咋个回事嘛？我今天……"

陆总打断他："好了好了，知道了，你先回去，回头讲。"

两人拐过湖边一角，女服务员热情地喊着"陆总好"，很是熟络。看得出来，陆总经常光顾这里。陆总对着女服务员有些油腻地说道："小妹儿，新制服很有感觉哟！"服务员笑笑不作答。

雷大力紧跟着陆总走在石子路上，雷大力没怎么来过这种地方，他歪歪扭扭地踩着，石子硌得他脚底板嗷嗷痛。唉，孩子上学的事没有着落，石子路又如此凹凸不平，而雷大力的人生也是如此的坎坷。

陆总云淡风轻的样子，丝毫不把雷大力的焦灼放在眼里。雷大力也没打算就这么回去，他忍着硌脚的石子，继续跟陆总拉扯："娃儿正等倒上学啊，陆总你再帮忙问问那个刘老师。"

陆总不耐烦了："哎呀，我今天还要陪客人，好多事情。"陆总显然不打算在这件事上浪费精力，将不耐烦表现得十分明显。

就这样边走边说，两人拐进了一条楼梯，眼看着陆总就要上去了，雷大力心里明白，再不抓紧，可能就真要来不及了，于是更加死命跟着，同时"陆总、陆总"地喊着。

陆总急了："你有完没完？！莫跟我了！"雷大力其实是怕惹得陆总不耐烦的，但他又实在不想就此作罢，于是站在一个门口，执着地说："那我站在这里等你哈。"

陆总转身指着门牌，气势汹汹地说："你站在人家女宾部门口做啥子嘛，耍流氓啊，走走走！"这架势，仿佛在驱赶围着他转的苍蝇，雷大力心里不悦，但只得隐忍，他知道孰轻孰重。几个大妈穿着泳衣从女宾部门口出来，被雷大力吓了一跳，雷大力也有些惊慌失措，但他对这里不熟，生怕走远了到时候找不到陆总，只得尴尬地站在那里。

私汤里，陆总舒坦地叼着一根烟，对着同在浴池里的两个朋友高谈阔论。

陆总当陆总好多年了，人虽然没什么文化，但年轻时抓住了机遇赚了一笔，如今手里也有不少场子，人脉也是有一点的，至于靠不靠谱，真的是随缘。

只听陆总颇为得意地跟身边的人说："这是我投资哩私汤，跟一个搞互联网的大佬合伙的，线上线下一起营销，线上转发点赞，线下就送鸡蛋……"陆总说完，转身在池边石头上的烟灰缸里弹了下烟灰，然后继续着他的高谈阔论，"花点钱算啥子，要的就是流量，这才是大数据，这才是大趋势。"陆总伸手又要弹烟灰，有两只手端着烟灰缸伸了过来，陆总很自然地弹了一下，突然感觉不对，抬头一看，雷大力正光着上身泡在他身边，双手举着烟灰缸。

陆总惊呼出声："吓老子一跳，你阴魂不散啊？"

雷大力此刻已经不管不顾了，他心里只有儿子上学的事，脱口便问："哥，到底啥子情况？咱不都已经说好了唛？"

陆总急了："啥子情况，啥子情况，晓不晓得今年报名外国语的有好多娃儿？三千多！校长手机都关机了，哪个都不见，名额已经满了。"

雷大力也急了："花了大几万，陪你喝酒都喝到我胃抽筋儿了，你不是说肯定没得问题的嘛？"

陆总火了："关系再硬，也不敢保证肯定没得问题噻，我也是帮你喝了三顿酒哩，别个不收，你跟老子冒火有啥子用啊？！"

对面两个朋友见势不好，三十六计走为上，起身爬出了私汤。

雷大力知道不能彻底激怒陆总，不然一点希望都没有了，于是软下来："我的哥，我的亲哥，你帮我再想下办法嘛！"

陆总见雷大力软了下来，心想你不还得求着老子吗，心里对雷大力更加鄙夷了。这类人向来如此，仗着别人有求于自己，极尽所能地拿捏别人，以显示自己的重要性，满足自己的虚荣心。

陆总起身上岸，语气傲慢地说："你那个店生意不景气，要么关了，来我这里做个经理。多挣点钱留给你娃儿就可以了噻，你这个样子还想培养个博士啊，你会辅导啥子嘛？教他斗地主啊？"

陆总的心思，雷大力不是听不出来。只有亲身经历过，才能体会那句"人最大的恶，就是在自己最小的权力范围内，最大限度地为难别人"。但这会儿的雷大力心里乱成了一团麻，一心只求能上外国语小学，顾不上心里的感受了。

陆总也没有等雷大力回应，自顾自地离开了。雷大力一个人尴尬地站在水里，端着烟灰缸，看上去就像一个无家可归的流浪汉。

呆愣了一会儿，雷大力放下手中端了很久的烟灰缸，起身离开了私汤。他神情落寞地收拾好自己，开车回了洗浴中心。

洗浴中心已经打烊了，火哥也回家了，雷大力默不作声地擦洗着浴室的窗户。身后的小米拿着水管开心地哼着歌冲洗着空池子，忙得不亦乐乎。雷大力心事重重，没顾上和雷小米互动。

小孩子是很懂得察言观色的，更何况是"人精"雷小米。他玩了一会儿，决定打破雷大力的这份沉默，于是故作轻松地开口："雷大力，问你个问题……你洗澡的时候会不会顺便屙尿？"

雷大力想都没想便回答："当然不会嘛。"

雷小米不可置信地反驳："不可能！我盯你好几次了！"

雷大力听罢眼前一黑，心想，我这是养了个什么样的儿子。他不解地问道："你吃饱了撑的唛，盯我洗澡做啥子？"

雷小米一副受害者的样子："主要是我怕呀，我怕你屙尿屙到我哩金脚上。"

雷大力被逗笑了，跟雷小米斗嘴："我屙尿到你脚上做啥子？你当你老汉儿是个傻子唛？"儿子越是懂事，雷大力就越觉得不能让儿子受委屈，有个念头逐渐在他心里生根发芽。雷大力看着儿子，犹豫了一会儿，说："我也问你个问题吧。"

雷小米满不在乎地接话："问啥子？"

雷大力犹豫着开口："你……想不想去上海读书？"

雷小米愣住，手中的水管子耷拉到了地上。雷小米的声音中透着委屈："你真的要把我送给外公？"

雷大力也愣住了，心想，终究是瞒不住了。

雷小米犹豫着开口："其实……那天你们说的话我都听见了。"雷小米把水管一扔，转身走到淋浴间，脱掉衣服，背对着老爸用水冲洗自己。

雷大力看着他的背影，缓缓坐到浴池边，试图用轻松的语气缓解这沉重的气氛："哟，好大的脾气哦。我乱说哩，你是我哩儿子，怎么可能送给别个嘛？！"

雷小米想用一些办法让雷大力打消送自己走的念头，于是往心理健康上找话题："我在新闻上看见了，没有父母陪伴的孩子，可是很容易得孤独症的。"

雷大力听后觉得又心疼又好笑，赶紧安慰儿子："你话这么多，我哪天自杀了，你都不会得孤独症滴。"

雷大力走过去给小米洗澡搓身子,小米转身望着雷大力,可怜巴巴地说:"我哪儿也不想去,就想一辈子待在这儿!"

雷大力开玩笑说:"那你好有出息哦,一辈子待在这种地方。"

雷小米没有跟雷大力斗贫,而是用小手捏了捏雷大力的鼻子,认真地说:"那天流鼻血是不是被别人打的?"

这个事情雷小米已经是第三次问了。

雷小米继续说:"箭箭都跟我说了……你看,我走了,哪个罩你嘛。"

雷大力心里一热,既感动又心酸。他很心疼儿子这么小就这么懂事,但又不想让儿子察觉到自己的心疼,依然用轻松的语气说:"谢谢哦,小米哥。"

雷小米不再继续这个话题,开始说别的:"明天我想去箭箭家找他耍,我刚学了针灸。"

雷大力听完又眼前一黑,惊呼道:"哎,我哩亲,你是想搞死箭箭唛?!"

父子俩在嬉笑打闹中洗完澡,一起回屋睡觉。

隔间的卧室里,雷小米歪七扭八地躺在雷大力的身边很快就睡着了。雷小米有个习惯,就是必须抓着爸爸的耳朵才能入睡。从某种角度来说,这是一种缺乏安全感的表现,幼年丧母的孩子,生怕失去唯一的依靠,所以总要抓住点什么才会安心。但话又说回来，雷小米又算是幸运的，因为有雷大力这样开明且努力的老爸，从不强迫他做任何事，他已经比那些被父母逼得毫无喘息空间的孩子要好多了。所以总的来说，雷小米的内心，还是很强大的。

雷大力睡不着，等儿子彻底睡熟了，便忍着疼把耳朵从儿子的手里抽出来，耳朵已经被捏得通红了。他揉着耳朵走进办公室，从抽屉里摸出一盒烟，对着高亚君的照片嘿嘿一笑："就一根儿。"从前他每次抽烟，高亚君都会唠叨他，因为心疼他的身体。他呢，就喜欢一边听高亚君唠叨，一边不服管教。那时候的日子，总是甜的。

"事情没办妥，要重新想办法了。"雷大力惭愧地说。

他转头看到桌上小米吃剩的炸鸡腿，舍不得浪费，便拿起来，一边抽烟，一边啃鸡腿。烟雾缭绕中，他有些沮丧地看着高亚君的照片，在心里问："如果是你，你会怎么做？如果你还在，小米是不是就不用跟着我受这种苦了？你那么厉害，是不是早就给小米安排一所好的学校了？"

……

一夜无眠。

天亮了，依然是暑热难耐的一天。

老城区居民楼的小巷里，楼顶的电线纵横交错，两边都是老旧楼房。楼房的窗户边，伸出许多晾衣竿，挂着需要晾晒的衣服，显得整个小巷更加狭窄逼仄了。

小巷的一家餐馆前，一个老阿姨坐在墙边安静地择菜，一条狗从她身边慢慢走过……这是市井气，也是烟火气。

远处突然传来一声女人的咆哮："箭箭！"连见过无数场面的狗都被吓了一跳。只见火嫂拼命跑进小巷，她穿着睡衣拖鞋，跑得满头大汗，显然是着急忙慌刚从家里跑出来的。

火嫂个头不高，随意地拢着头发，没化妆的脸上有很深的黑眼圈。她大喊着"箭箭"，身后跟着一脸怨气的火哥。

火哥埋怨道："说了好多回，背个乘法表，背不下也不要动手嘛！现在好了，人都被你打跑了。"

火嫂暴脾气地回击："你以为我想打他呀？我手不疼唛？乘法表教了这么多回儿，还是三九三十九，五七五十七，脑子跟猪一样，我都服了！"

火哥反驳："算数都有计算器的嘛！干吗非逼着娃儿背乘法表哦！"

火嫂一听更来气了，也不往前追了，而是站住转身，不停地打火哥，边打边骂："计算器计算器，放你妈哩狗臭屁！要不是你傻，你儿子至于这么傻唛？！"

火哥被如此羞辱，还是不知所措，就气鼓鼓地盯着火嫂。

火嫂眼睛一横，气焰更甚："盯倒我做啥子？不服唉？你给老子去那边找！"

火哥见状，立马服软："好嘛。"说完便不再与火嫂争执，转身急匆匆地朝另一侧巷子口跑去，一个没留神，被一辆疾驶而来的车直接撞得摔了个跟头。火哥刚想发火，车窗摇下来，是雷大力。

火哥立马憋屈地说："你咋个不撞死我嘛，我真哩不想活了！"

雷大力不理他的气话，直接问："这么急叫我来，出啥子事了？"

火哥气喘吁吁地回答："小米哥带倒箭箭越狱了。"

雷大力十分诧异："越狱？"

顾不了问那么多，大家先分头行动去找孩子。雷大力是懂小米的，他一定会藏到一般人不会去的地方。

居民楼后门的垃圾过道被人用一扇铁栏杆封起来，里面堆满各种垃圾杂物，只见箭箭戴着一个头盔，脑袋被卡在栏杆中间正在挣扎，小米已经钻进铁栏杆里，站在一堆垃圾中间，正在拔箭箭的脑袋。雷大力看到这一场面的时候还是傻眼了。

雷小米看到雷大力，仿佛看到了救兵，赶紧大喊："雷大力，快来救箭箭，他整天关在监狱里要被打死了！"

火哥火嫂也赶到了。火嫂听罢，一个箭步冲上前开始拽箭箭的脑袋，要把他拽出来，小米则从另一侧拽着箭箭的腿，箭箭被这样两边拉扯，整个身体几乎平行于地面，只怕要被扯断。

雷大力已经完全蒙了。火哥见状，上前一脚蹬在箭箭的头盔上，箭箭终于摆脱了两方的拉扯，一屁股坐在地上。

箭箭哭丧着脸向妈妈求饶："妈妈，这个太难了，我们换一个吧。"

箭箭不哭还好，一哭火嫂更来气了，作势要抽他。

雷大力推了一把火哥，火哥赶紧把火嫂的手按下来。雷大力牵着两个孩子回了火哥家。

箭箭并没有别的选择，回来后依然逃不过背诵乘法表的命运。只见箭箭戴着一个挤变形的头盔，回到自己的房间，怯怯地坐在桌前背着："五五二十五，五六三十，五七，五七，五七……"旁边的智能灯回答道："五七三十五。"一旁的火嫂边收拾东西边怒吼："教了你一圈儿，你还不如一个灯儿！你是要逼我出绝招唛？"

雷大力倚在房间门口，心疼地望着箭箭。看了一会儿，雷大力无奈地摇摇头，随即环视了一下箭箭的房间。屋内只有一张桌子和一张床，四面白墙上贴着"认真专注，细心刻苦"的大字标语，好似一间监狱。雷大力转身，只见不大的客厅里还挤着一张床,火哥老年痴呆还耳背的老妈坐在床上,呆呆地看着电视,在吵闹声中,整个屋里更显局促和炎热。

火哥坐在餐桌边拿着一个圆刺头的按摩棒敲颈椎,用不爽的语气说道:"她不晓得从哪儿听了个啥子专家哩意见,搞了个'学习监狱'辅导作业,只要娃儿写错作业,她就打脑壳;娃儿学累了想休息一下,她又打娃儿脑壳。箭箭过生日啥子都不要,只要头盔,大夏天热出一脑壳痱子,你说恼不恼火嘛?!"

痴呆的老太太看着武打片,突然冒出一句:"太恼火了,弄死他!"仿佛是在给火哥帮腔。

一个纸箱子从屋里被一脚踢到饭厅,火嫂暴烈的声音穿墙而出,她抱着一堆材料走出来,扔到火哥面前的餐桌上,愤怒地对着火哥大吼:"你看!对门哩娃儿都厉害成啥子样子了?你倒好,天天跟老娘谈佛系,佛系佛系,我看都快把你伺候成佛了!"火嫂觉得不过瘾,转头又对雷大力喊:"雷哥,不是我说你,小米你也要好生管倒,太调皮了。"

雷大力转头,只见雷小米的衣服脏得像从垃圾堆里捡出来的似的,他正一脸不忿地站在门口面壁。雷大力决定装装样子,对着小米厉声道:"过来给阿姨道个歉!以后不准乱跑了哈!"

雷小米晃悠悠走了几步,并没有道歉的打算,反而顶嘴:

"打人是不对的!会得脑震荡!我不道歉!"

雷大力感觉很没面子,故作凶狠地威胁:"去不去?不去我也要打人了哈,老子冒火了哪个都劝不倒哦!"

火嫂赶忙上前拦住雷大力。雷大力想借着台阶就此作罢,于是赶紧退后几步,没想到火嫂抢过火哥的按摩棒,塞到他手里,一脸凶狠地说:"用这个!"雷大力震惊了,一脸尴尬地握着按摩棒,被火嫂架在了那里。

火嫂还在拱火:"打嘛,怕啥子?!你就是太宠娃儿了,打两下咋个嘛,又不会掉二两肉,你看我那个死崽崽,"火嫂边说边指着"学习监狱"里的箭箭,"打他一顿,五七三十五立马记倒了。你再看那个憨包,"火嫂转头又指向火哥,"为啥子脑壳不好用,就是小时候挨打挨少了!"

痴呆老太太看着武打片,又冷不丁冒出一句:"对对对!"也不知道老太太到底要帮谁。

火哥急了:"你疯了嗦?见到哪个娃儿都想打啊?你是个魔鬼唛?"

火嫂更是火暴:"你想做啥子?你皮痒了唛?一个大男人,天天看《还珠格格》,《还珠格格》能让你儿子上学唛?"

眼看着两个人急眼了想动手,雷大力拿着按摩棒,转为在中间劝架:"哎呀,莫吵莫吵,都是为了娃儿好。"

"学习监狱"里的箭箭,非常习惯地把一个耳机戴在了头上。

火哥忍不了了,对着雷大力诉苦:"雷哥,家被她搞成这个样子,还非要把房子卖了换啥子学区房,哪儿有钱嘛!"

学区房?雷大力愣了一下,心思忽然活络起来,我怎么没想到这一点。

火嫂指着客厅一角的梳妆台,吼着:"学区政策我研究两年了,实验一小的学区房,我跑了半年才跑到一套差不多哩,别个还不一定卖。"

火哥继续和她吵:"首付都付不起,我跟你说,要借钱,你自己去借!"

火嫂不甘示弱:"那要你有啥子用啊?四口人挤在这个房子里头,马桶都要放到餐桌边上了。箭箭学习不得行,这个学校,买了房就能上!"

两人还在吵着,雷大力夹在中间,已经完全被桌上和镜子上铺满的学区房资料吸引,镜子上贴着各种信息表格,俨然一个作战指挥部。

就在两人吵得不可开交的时候,雷大力突然冒出一句:"实验一小,这个学校好唛?"

火哥火嫂不再吵了,两人转头震惊地望着雷大力。

火嫂也没有多想,就回答他:"跟你那个外国语比,是要差一丁点儿,但好歹是个重点嚯。"

雷大力继续问:"只要买了房子,就肯定能上唦?"

火哥听出了其中的不对劲:"哥,你啥子意思?劝架咋个变咨询了呢?"

雷大力看着两人,无限惆怅地说:"外国语小学,小米进不去了!"

火哥和火嫂都呆住了,小米也冒出脑袋,惊讶地望着爸爸。

痴呆老太太看着武打片里的人死了,开始欢呼:"太好了!死定了!"大家都无语地望了眼老太太,她的欢呼让这胶着的气氛添了更多无奈。

两家人都没有实现上学梦,在教育问题上也没达成共识,只产生了双倍的心酸。

雷大力带着雷小米回到洗浴中心,也是回到他们的家。

车在洗浴中心门口停下,心事重重的小米突然开口:"去不了外国语小学无所谓,但是我不想变成箭箭那个样子。"

想到箭箭那个样子,雷大力也心疼。他摸摸小米的脑袋安慰道:"不会不会,你老汉儿不会让你变成那个样子,放心噻。"

听到雷大力的保证,小米安心了,开心地下车往店里跑。

到底是孩子，容易烦恼也容易快乐。

雷大力也下了车，心事重重地望着小米蹦蹦跳跳的身影，突然从身后喊住他："小米……要不然我们也整套学区房？"

雷小米站定，转过身意外地看着雷大力，多少有点疑惑，为什么老汉儿要让他开开心心，又要让他上好学校？是上了那个好学校，就不累了，还能像现在这样一直开心吗？

雷大力抬头望着店铺，仿佛下了一个决心，然后故作轻松地对儿子说："澡堂子湿气重，住久了脑壳容易进水，确实应该让你住得更好一些。"

雷小米没有回答，也转头望着店铺，反而有点失落。这是老爸工作的地方，也是他们生活的地方，这不仅是他们的家，还是他的开心乐园啊！

雷大力摸摸小米的头，笑了笑："我自横刀向天笑，笑完回去就睡觉。"

学区房？买！

4

第四章

打你个措手不及

星期二，天气晴。皇历上写着：宜签订合同、搬新房……

事不宜迟，雷大力一大早就来到了中介公司，着手学区房的事。

中介公司的玻璃窗上贴着琳琅满目的学区广告和楼盘信息，一排排格子间里，工作人员敲着键盘、打着电话、不断报价，声音此消彼长，每个人都紧张地在跟时间赛跑。

一个中介小伙看见雷大力进来，顾不上放下手里的自嗨锅，冲过去拉住雷大力："哥，找我呢！来这儿坐。"他不由分说地把雷大力领到会客区，这个客户他就这么抢下了。

"我叫李志明，叫我小李就行。"小伙指指自己的名牌。

雷大力开门见山，开始咨询学区房的情况。

小李插空拼命嗦几口自嗨锅，然后对雷大力说："学区房提前三年就要看，你也太晚了噻。"

"所以我才来找你帮忙噻。"

这话小李听得舒坦，但他也只是个房产中介："关键是现在的政策……哥，你本市户口有的吧？"

雷大力一愣："买房子还要户口？"

小李马上抓住了重点："你不是本地户口？那买不到学区房了。"

出师未捷身先死，雷大力有些急躁："现在弄户口还来得及不？"

雷大力真是没想到，自己行走江湖这么多年，有朝一日会被户口困住。他十几岁职高毕业，一路闯荡，走到这里，留在这里，结婚生子，水到渠成，生活于此，理所当然啊！小米妈妈高亚君是上海人，研究生毕业时，不顾父亲的反对跑来这里实习，也是下了很大的决心逃离原本窒息的生活，而留在这里，则是偶然遇见雷大力后的必然。

在雷大力的认知里，幸福的人生由很多东西组成，爱情、婚姻、孩子……想不到还得有户口。

小李琢磨了一下，擦擦嘴上的油说："哥，有一个办法，你考虑一下嘛。"

雷大力眼神亮了亮，问："什么办法？"

"我认得倒一个女客户，本城户口，离过婚，有个娃儿，之前因为学区房太贵就放弃了。你们两个欸，可以好生谈一下条件，登个记，结个婚。"

雷大力震惊："假结婚？稳不稳当哦？"

小李肯定地说："放心，买完就离，一拍两散，互不相欠。"

他似乎对这种事已经驾轻就熟。

雷大力还在消化这个消息。

小李拍拍雷大力:"就这么定了,哥,你今天先回去,明天打扮得帅气一点,来找我。"

这一切来得太突然,雷大力一点心理准备都没有。昨天他还在守身如玉,明天就要再婚了,但……

不过都是为了小米,亚君应该会理解的吧?

翌日清晨,雷小米正坐在马桶上用力,就看到雷大力穿了一身稍微正式的衣服站在办公室的洗手池边,对着镜子不断地梳头。他往左梳,不得劲,又往右梳,好像也不太行。

小米疑惑地问:"今天是什么节日?"

雷大力不知该如何跟小米解释,就干脆卖了个关子:"跟倒我,等一下你就晓得了。"

雷小米狐疑地看着雷大力,有一种"总有刁民想害朕"的不好预感。

雷大力开着车,载着小米,在小李的一顿指挥下,绕过无数条街道,终于在一条逼仄的小街口停下。车开不进去了,他们只能下车走过去。街道两旁都是饭店商铺,小李领着他们又是一顿七弯八拐地穿梭,终于在一座庄严的院子前停下:

"就是这里。"

雷大力纳了闷,不是要"相亲",为啥子要来文殊院?

文殊院的大门还是相当气派的,闻着扑面而来的香火气,雷小米抬起头望向大门上的三个字:"少林寺?"

小李哈哈大笑。

小米发现了不对劲,干脆撇撇嘴:"我还没上小学,认错了有什么好笑?"

说得好有道理啊!

客户就是上帝,小李是懂见机行事的,立马严肃认真地说:"所以说学区房是刚需,小朋友,等你上了一所好的小学,就什么都懂啦。"

他们走进去,庙里香火旺盛,大殿外烟雾缭绕,很多家长都在烧香拜佛——有的家长低头上香,有的家长跪在地上正举着准考证默默念着保佑。他们并不会想到,多年后在上班和上进之间选择上香的年轻人,和他们的孩子,可能是同一批人。

小李指着一个正举着香的女人说:"就是她,她叫刘真真。我已经跟她说了大概情况,现在你过去跟她聊聊,我先回去了,谈妥了直接来找我。"

雷大力点点头,小李赶紧走了,去忙下一个客户。

雷大力打量着眼前的这一切,他没有立马走过去,而是先观察了一下正在虔诚祷告的家长们，才缓缓走到刘真真的身后。

刘真真衣着素雅，面容消瘦，虽然没化妆，但收拾得精致干练。她双手举着香，十分虔诚地三鞠躬。

认真做完这一切，刘真真才转过头来，看见雷大力有些局促地站在那里，她对雷大力笑了笑，雷大力也有些不好意思地笑了笑。身边的雷小米看看刘真真，又看看爸爸，他挑了挑眉，不明所以，又觉不妙。

许愿廊里挂满了红灯笼，映衬着整个通道变成了红色，好似通往结婚洞房的走廊。雷大力和刘真真慢悠悠地并排走着，气氛有点尴尬，还是刘真真率先开口："不好意思啊，今天大师帮我家孩子祈福，所以约在这儿了。你们做生意的，以前只拜关公吧？"

雷大力赶忙应和："是是。"

刘真真继续说："以后孩子上了学，得拜文殊了。对了，你家宝贝几岁啊？"

雷大力说："6岁半。"

雷小米跟在两人身后，无精打采地走着，一路都拨动着灯笼。

刘真真道："我女儿也在幼升小。听中介说，你是丧偶啊？"

雷大力点了点头。

刘真真又说:"我离异,但就我女儿那个爹……你就当我也是丧偶吧。"

雷大力有些错愕,下意识地就想到了女人一个人带孩子的辛酸,也好奇刘真真怎么养活孩子,于是问道:"那……你做啥子工作?"

刘真真用调侃的语气说道:"我的工作就是带孩子,在几个妈妈群混了个群主,平时群里卖点课,卖点包,卖点化妆品,这不,连自己都卖了……"

刘真真有些心酸和无奈地笑笑,作为这笔金钱交易的买方,雷大力多少有点尴尬。

两人走到走廊口站定,刘真真掏出打印好的合同递给雷大力说:"价钱按照之前咱俩通过中介谈好的,10万。守着佛祖不谈虚的,我这人特直接,而且这也是行情价,我不坑你……"

雷大力赶紧附和:"理解理解,规矩我懂,我也信菩萨。"

身后的小米默默观察着两人,看着他们签字后互相交换合同,小米的心也渐渐沉了下去。

刘真真打量了一下雷大力,用有点意外的语气说:"你挺有钱啊,还买得起学区房。"

雷大力为难地说:"只有点压箱底的钱,本来想给店里装修的,既然要买学区房,那装修的事,就先搁置吧……"

听完这番话,刘真真直觉雷大力是个坦诚靠得住的人,这笔交易应该不会有啥风险,就索性提议:"要不咱下午就去登记?不过我今天见佛祖没化妆,你不介意吧?"

雷大力听了,下意识地用手弄了弄发型:"没得事……时间要紧。"

两个人边走边聊,竟不知不觉地走到了一尊菩萨的殿门前。刘真真主动跟雷大力握了握手,愉快地说:"合作愉快!来,一起进去磕一个吧。"

雷大力和刘真真一起走进去,跪在殿前,在一尊金光灿灿的菩萨像前,两人一起磕头叩拜,俨然一对即将步入婚姻殿堂的情侣。

雷小米心里怪怪的,怎么也说不上来。就是说,他老爸要结婚了,他就是被通知了一下。这种心情应该怎么形容?

拜完菩萨,雷大力和刘真真溜达到一间供灯屋里,这里摆满了小小的蜡烛,烛光闪烁。此时,刘真真的手机响了,她跟雷大力示意一下,便出去接电话了。

雷大力也没闲着,来都来了,那就也点一盏灯吧。身旁的雷小米盯着不远处的刘真真,只听她对着电话,语气强硬地说:"我跟你说,培训课程促销八折只到月底,我给你最低价了!还想等折扣?你儿子等得了吗?现在不是我求你,是你求我!我告诉你,群里妈妈多的是,大家都在抢课程,你干脆点,一句话,买还是不买?我只等你到下午3点。"

这个刘真真和签约前那个朴素瘦弱的刘真真,简直判若两人。

雷小米还是个小朋友啊,他又不懂大人。他拉下雷大力,踮起脚靠近雷大力耳边:"这个女的,你可能搞不定哦!"

雷大力看了一眼刘真真,心虚地点点头。

雷小米试探性地问:"我要不要喊她妈妈?"

雷大力果断回答:"喊毛线,那个不用。"

雷小米还是不放心,接着问:"那你的家产是不是要分她一半?"

雷大力依然语气坚决:"分铲铲,那个也不用!"

雷小米稍稍放心了一些,喃喃自语:"那还好。"紧接着又凑到雷大力耳边,像个老父亲一样喋喋不休地提醒,"你小心点儿。"

雷小米说完,转头继续看着远处的刘真真,她依然语气强势地对着电话聊着。

雷小米的心到底是没有完全放进肚子里,又抬头问雷大力:"你会爱上她吗?"一边说着,一边小心翼翼地指了指外面的刘真真。

雷大力斩钉截铁地回答:"你想啥子,肯定不会噻!老汉儿是为了你上学,我们只是合作,都是假哩。"

雷小米终于不说话了,他倚在爸爸身边默默观察着刘真真,看起来像是一种防备的姿态,大有一种"敌不动,我不动;敌一动,我乱动"的准备。

雷大力看着儿子,感觉到了他的不高兴,甚至还有不放心。

是啊,小米怎么会高兴呢。事出紧急,他也没和小米商量过,但是他又无法征求小米的意见。他只希望一切顺利,小米顺利上学,自己安全下车,以最快的速度回归从前那样平静的生活。

刘真真打完电话,麻溜地跟雷大力前往民政局领了结婚证。这个城市又多了一对闪婚的夫妻。

领完结婚证,自然是各回各家,各找各娃。

雷小米的情绪依旧不高,雷大力只能在小米睡觉时摸摸他的肚子,把耳朵送过去给他抓着,等着天亮。

户口搞定后,小李就带着雷大力在各个楼宇间穿梭,新建的楼盘林立,呈现出一派欣欣向荣、飞速发展的景象。各种学区房的广告牌交错悬挂,"大学城首席学区""孟母三迁,择塾而居""门第学府,坐拥名校"……中介公司恨不得用尽所有的词粉饰并刺激家长们跃动焦灼的心。

小李骑着电动车带着雷大力横跨天桥，然后从一个广告牌下驶过。车辆穿梭不息，电动车在车流中飞速行驶，雷大力吓得紧紧抓住小李的衣服。

小李带着雷大力驶入一条深巷，穿过深巷，进入老城的街道，然后快速驶入一个老旧的小区。进入小区后，不等雷大力发问，小李便开始解释："新小区早就抢完了，现在还剩的学区房只有老房子。我带你去问。"

小李从一摊积水上驶过，停在了一个单元门前，随后带着雷大力上了楼。昏暗狭窄的楼梯，不太结实的栏杆，都昭示着这个小区的年代久远。

小李敲开一户房门，见到房主后，直截了当地表达带了客户来买他的房子。房主得意地说："我这房子两天前就卖了，不好意思。"然后不耐烦地对着小李说："你个中介能不能不要再给我打电话！"说完重重地关上房门。

这时，另一个房主正好从外面回来，上楼时经过雷大力他们，雷大力和小李赶紧追着他走到家门口，边追边说明来意。房主也很直接："六年一个学位指标，还有三年才轮得上，你们等得了吗？"

雷大力都傻眼了，这学区房政策比结婚还复杂吗？

雷大力出师不利，连吃闭门羹，但……人生来不是被打败的,他很快就恢复战斗力,跟着小李挨家挨户地敲门,结果一次又一次地被拒绝。

雷大力终于有点颓败,问小李:"李总,还有没得别的办法?"这样子蛮干不是办法哦!

话音刚落,对面的门打开,一个老太太站在门口,为难地看着雷大力:"我想卖啊,但我儿媳妇刚生二胎。我这个儿媳妇我不喜欢,本来我儿子和她结婚我就不同意,前两天因为一碗红烧肉又开始跟我吵……"

雷大力没打算听这些家长里短,转身便走,老太太拽着他没命地聊,甚至追出了单元门口。

小李带着雷大力逃命般地快速走远,经过小区里的小广场时,看到三个戴袖章的大妈正在训斥一个孩子。雷大力从没见过这阵仗,很是惊讶。小李解释道:"业主指派的捉娃小分队,专门盯着那些在外面疯耍不回家学习的娃。"

雷大力"哦"了一声,居然还有这种操作。

来到另一个单元,雷大力跟着小李上楼,雷大力四处看着,老楼的墙皮斑驳、玻璃昏暗,楼道里堆满了杂物,拥挤不堪,他们穿梭其中,很多次差点被绊倒。

经过一户房门时,看到几个孕妇正围圈追着房主在谈判,雷大力见状也凑近了想钻进去,但还没跟房主说上话,雷大力就被强横的孕妇们给挤了出来。雷大力有些绝望,在绝望中又生出了想要上厕所的欲望，为了压制这种不合时宜的欲望，雷大力跟着小李先下了楼。

雷大力觉得很压抑，抬头就看到密不透风的天井，又无奈地垂下头。一帮老头老太太正在一小块空地上悠闲地打着麻将，越发显出他的焦急。

正好两个大妈出来散步，雷大力和小李跑过去问她们这个小区房子的在售情况，没得到什么有价值的信息，两人又累又绝望。

暑热实在难耐，雷大力和小李买了两支冰棍，大汗淋漓地蹲在马路牙子上，边吃边休息。喋喋不休的吵嚷声从不远处传来，只见那个房主被几个不死心的孕妇继续穷追不舍，几个人带着一股不容置喙的气势从他们眼前经过，雷大力被这气势震慑住，呆愣地看着。知道的，是在抢学区房；不知道的，还以为是什么狗血伦理剧。

等到终于缓过神来，小李和雷大力起身走过拐角，小李还在打着电话询问房源。雷大力十分疲惫，有点灰心丧气，他转头突然看到车棚保安室门口的沙发上，一个胖保安正在一边玩游戏，一边和两个大妈聊天。雷大力思索着什么，心里有了主意……

浴池里，搓澡工正在给保安搓澡，保安满面笑容，一副很享受的样子。雷大力果然总能出奇招，既然众里寻房千百度，那些业主对他不屑一顾，他只有剑走偏锋，去"贿赂"保安了——只要保安肯给他打听那个小区房子的售出情况，就给他提供免费的搓澡服务。

此刻，只见雷大力手里拿着一张单子。

那保安邀功似的说："我帮你打听两天了，我们小区只剩一套房子还没有出手。"

雷大力内心一阵跃动，眼神落在单子上画了圈的名字和电话上。

只听保安继续说："不过呢，有个小问题……这小区有个租户煤气中毒，一家三口还有一条狗全都死了，你听说过吗？"

雷大力摇头。

保安继续道："就死在这套房里了。大哥，凶宅你介意吗？"

雷大力惊得说不出话来。

凶宅……刚听到这两个字，雷大力只觉得头皮一紧，背后似有一阵阴风吹过。他也是个人啊，怎么能不怕呢？但转念一想，现在还有别的选择吗？还有什么事比小米不能上一所好学校更可怕呢？他这个人小小年纪就出来混社会，天也怕,地也怕,牛鬼蛇神也都怕,但最怕的还是小米妈妈不高兴,从前逗小米妈妈笑是他生命里最重要的篇章,现在也是。这样想着,雷大力就不害怕了,决定明天就把这套房子买下来。

第二天一早,雷小米起来屙屎,睡眼惺忪地看到雷大力在镜子前搔首弄姿,嘴里还喃喃自语着:"我左青龙、右白虎、肩上文个米老鼠……"比画了半天,又听见雷大力大吼一声,"老子就不信这个邪,管他啥子牛鬼蛇神,老子现在就去会一会他!"说罢,不顾小米看怪物一样的眼神,直奔"凶宅"。

楼道和房子里的灯光都很昏暗,雷大力站在走廊往屋门的方向望了望。房主正在清理堆在门口的家具。

雷大力表明了来意,房主爱搭不理,见雷大力一直站着不走,才用不咸不淡的语气跟他说:"不好意思哈,这个房子已经有人定了。"

雷大力惊呆:"死过人哩房子都有人抢啊?"

房主对他的反应不屑一顾:"皇宫房子好不好,死没死过人?莫看死过人,这房子风水好,从这走出去的娃儿全是大学生,我电话都遭打爆了,最关键哩是,这个小区只剩这一套……"

别是想坐地起价吧?雷大力也是见过一点世面的,决定好好跟房东掰扯掰扯："我也是做生意的，你这些套路我都清楚得很。"谁承想，房主压根儿不理他这一套，淡定地拍拍包说："人家的订金收据都在这儿，好走不送。"

雷大力有点失算了，学区房从来就不是公平对等的交易，买方与卖方的地位，也从来没在一条水平线上。

房主进屋准备关门，雷大力慌忙把门拦住，焦急地说："能不能让给我？我今天就能签。"

房主有些为难地说："我都答应别人了。"

雷大力锲而不舍："没给钱都可以不算数噻，做生意有风险，万一别个不要了呢！"

此时，房主的电话适时地响起，房主按下接听键放在耳边："喂，哦哦，你想今天就签啊？"

雷大力一听，顿觉大事不妙，他紧张地拉住房主，急切地说："先不要答应，我们再商量下噻……"

房主捂着电话，小声对雷大力说："你要是能加点儿，我就先给你嘛。"

果然是要坐地起价，学区房的业主，才是永远的甲方"爸爸"。

雷大力一看有戏，赶紧拿出乙方的诚意："加好多？"能用钱解决的问题，都不算问题。问题是，钱够不够。

房主琢磨了一下，伸出两个指头："20万。"

"20万?！"雷大力惊得声音都打鸣了，"你要抢劫唛?！"

房主一副理所当然的样子，甚至语气里还带了点嚣张地说："不得行就算了噻。"

房主要继续讲电话，雷大力不敢妄动，怕房主被搞烦了要再加价，但又不敢不动，怕房主一口答应对方。他在慌乱中按住房主电话顺便还了个价："10万，要不要得？"

房主不愿退让："最多减2万！"

雷大力一咬牙："15万，马上转钱！"

房主看着他，似乎有点动摇了，雷大力不给他任何犹豫的时间，慢慢伸出手，上前按了房主手机的挂断键，然后对着房主嘻嘻一笑。

嗯！只要锄头舞得好，没有墙脚挖不倒。雷大力管不了那么多了。

那天回家的路上，雷大力还接到了刘真真打来的电话："我不是催你办离婚。我是关心你……的学区房买好了没有啊？"

雷大力扬扬眉："马上就搞定了，只差一点手续了。"

刘真真的声音有点激昂，甚至带点羡慕："不错啊你。"

雷大力也不敢忘了自己现在还是"有妇之夫"："也是托你的福哈。"

雷大力差的那一点，就是最重要的——钱。

朋友到用时方恨少。毫无悬念地，雷大力又来找陆总了。尽管上次被陆总那样羞辱，但他不能记仇。成年人的世界里，没有永远的敌人，只有一个人的能屈能伸。他……就先一直这么屈着吧！

雷大力见到陆总后，把自己的情况说了一下，陆总问："想借多少？"

雷大力伸出一只手，五个手指头都张开："50万。"

陆总听了想去卫生间，雷大力不能承受被拒绝，紧跟着也去了卫生间。

卫生间的隔间门外，雷大力站在那儿念叨着，仿佛在自言自语："我借过高利贷，征信有问题已经贷不到款了，你也晓得这两年我那店里的情况，我把家底都掏干了，就差这50万……"

陆总的声音从隔间里传来："凶宅你也敢买啊？脑壳进屎了唛？"

雷大力也很无奈："只要学校好，你就当我脑壳进屎了嘛……"

冲马桶的声音响起，不多时，陆总走了出来。

陆总觉得雷大力已经不可理喻，不耐烦地说："再见再见。"说完，转身走到洗手池边洗手，雷大力仍然一路跟着。

雷大力不肯放弃，继续恳求："哥，再帮我一回嘛，以后我命都是你哩！"雷大力站在旁边举着擦手纸，身形已经变成了一个乞求的姿势。要不是陆总需要亲自上厕所，雷大力都想代劳了。

陆总接过纸擦手，一脸不屑地问："你这条命能值几个钱嘛？！"

陆总这个人，也怪会打击人的。

可雷大力能怎么办呢？只能一直屈着呀。

见雷大力不说话，陆总说出了盘算很久的事："这样，拿你哩店来抵押。"

雷大力愣住，原来陆总是跟这儿趁火打劫、乘虚而入呢。

陆总见他这样，也不着急，只轻蔑地说了句："不行就算了！"转身要走，雷大力一把拉住他，一口答应："好！"

之前洗浴中心生意好的时候，陆总就有意无意地向雷大力透露过想要收购他的洗浴中心。雷大力就当没听见，陆总也就知道了雷大力是不肯转手的。现在雷大力急需用钱，算是给了陆总可乘之机。

短短的几十秒，不知道雷大力心里经历了怎样的挣扎。他舍不得经营了这么多年的店，这不只是他和儿子的家，也不只是他的营生，火哥和店里伙伴们的生计也都靠着这间小破店。但是，他现在顾不得这些了，小米的前途必须放在第一位。在来的路上,雷大力就做好了付出一切的打算。

生活真像那首《忐忑》,没有明确的歌词,却又过得惊心动魄。

那个深夜,雷大力领着小米从漆黑的楼道里往上走,小米举着老式手电筒惶恐地看着周围。

这栋楼建于20世纪90年代,楼龄已有30多年。楼梯入口处抬头是一个天井,上面是旋转的走廊,走廊上窗户斑驳破旧,整个走廊里弥漫着一种恐怖片的氛围。

"大……大力哥,我肚子疼,我感觉要拉裤子里了。"小米紧张地说。

你看看,"害怕"就这么治好了雷小米的便秘。

雷大力当然知道小米在害怕,这个破房子也着实有点为难孩子了,但没有一点点胆量,怎么做他雷大力的儿子呢?雷大力想缓和一下气氛,便调侃道:"你不是很喜欢探险唉?这里多合适!你爷爷家传的手电筒送给你了,这个是专业的探险神器哦。"

雷小米除了还不怎么认识字,一向眼观六路、耳听八方,这会儿是着实被吓得不肯走了。他拿着手电筒直接照在雷大力脸上说:"商量一下,借我点钱,我自己坐车回澡堂。"

"没得钱！"雷大力很干脆地拒绝。

雷小米更干脆："那我走回去！"说完便转身往楼下走去，雷大力从后面喊着："走了就太可惜了噻，你看这个装修风格，你和同学还去啥子密室啊鬼屋啊，直接来这里耍噻，现成的，分儿钱都不要。"

雷小米拐过楼梯角，突然不知从哪层传出恶犬的吼叫声，吓得他又跑了回来。

雷大力开玩笑："你看，还有小动物陪你，野生哩。"

雷小米看着斑驳破旧的墙皮和闪烁不停的白炽灯，幽幽开口："雷大力，你不要再坑我了。"

雷大力反驳道："哪儿坑你了嘛，以后别人讲的鬼故事都是假哩，你讲的都是真哩，哪个能想得到？"越听越瘆人，雷小米抱住了雷大力的大腿，真的不肯走了。

雷大力开始旁敲侧击："老汉儿还给你买了个礼物，走了就看不到了哟……"

小米的手又松了松："礼物酷不酷？"

雷大力从包里掏出一个长物，小米拿灯一照，一把剑就这样横在了他面前。

雷大力随即解释："辟邪宝剑！酷不酷？"

小米看着宝剑，哭丧着脸说："我真是信了你的邪。"

辟邪宝剑是他小时候喜欢的东西，他马上就大班毕业，早不是当年的雷小米了。

雷大力嘿嘿一乐,把剑递到了小米手里,哄着他:"走嘛,去屋里头看一下,老汉儿精心为你设计哩。"

雷小米狐疑地看着雷大力,仿佛在说,你说的话我连标点符号都不信。但看到雷大力努力的表情,雷小米想了想,还是说:"既然来都来了,那就给你点面子。"然后双手拖着宝剑跟着雷大力上了楼。

这居然是他们的新家……

雷大力打开新家的门,顺手开了灯,两人就站在门口向屋里看去。房间十分简陋,有些地方墙皮都掉了,雷大力特地把浴池墙壁的小天使画移到了这里——粉饰一下。

雷小米低头望着脚下:"这也是你设计的?"

雷大力顺势低下头,脚下全是水,一只充气的小黄鸭已经游过来。

"哦哟,坏了!"雷大力惊叫一声,"漏水了!"

雷小米耸耸肩,仿佛已经习以为常,他抬头问雷大力:"这也是个澡堂?"

地板已经被水淹了,慌也来不及了,雷大力蹚着水在屋子里找了找,发现是卫生间的水管漏了。

雷大力一直觉得自己能把卑微的生活活出耀眼的光彩,事到如今,他倒是有点活出了生活的卑微本质。

温暖的黄色灯光下,雷大力弯着腰在客厅里修理着水管。雷小米有些无聊,扒开他的上衣,拿笔在他后背拔罐的罐印上画画,红印子被小米画成了有手有脚有表情的小人。

整个房子的水管上全是铁锈,必须全都换了,今天只能先想办法把漏水的地方堵上。雷大力干着干着叹了口气,停下来跟雷小米推心置腹:"小米哥,房子确实差了点儿,老汉儿这回吹牛了。"

雷小米翻身背靠着雷大力的背,打量着屋里,一副习以为常的样子:"你哪次不吹牛?我都习惯了。这个房子破归破,但还可以修啊,只要有你在,就没得事!"

雷大力苦涩一笑,说道:"今天有点懂事哦。"

雷小米也傲娇起来:"我哪天不懂事?我不是你的贴心小马甲?反倒是你,经常让我操心啊。"

雷大力终于修好了水管,对雷小米说:"去,把老汉儿的好东西拿出来。"

小米跑到茶几下拿出一瓶酒放在桌上,豪迈地说:"整两口唛?"

雷大力接话:"划两拳嘛!"

雷小米得意地说:"你又耍不过我,你是个菜鸡,不怕喝多唛?"

雷大力坐在墙角的小凳上,拿毛巾擦着脸,如释重负地说:"哎呀,学校落实了,庆祝一下噻!"

雷小米这些天看着老爸一天到晚跟个车辘轳似的东奔西跑没得停,今天是难得的放松,他想,事情应该真的忙完了吧?只是……他收拾着桌子,摆出酒杯,不解地问:"为啥子非要上重点?"

雷大力想都没想就说:"你妈从小就读重点,啥子都懂,爸爸特别崇拜她!你哩未来要像你妈,如果像我啊,完都完了……"

雷大力把毛巾扔到手边的箱子上,箱子里面堆着还没收拾的杂物和高亚君毕业的照片,雷大力拿起照片,用手温柔地抹了抹,脸上的表情不自觉地柔和下来。雷大力把照片翻过来冲着小米,很是骄傲地问:"你妈帅不帅?"

小米看着照片,认真地说:"有点美丽。"

"你以后要像你妈一样,戴起那个博士帽拍一张,往这里一摆,嗨呀,想起都安逸。"

雷小米似乎对这种事情并不是很感兴趣,调侃地说:"拍照太麻烦了,PS一张噻。"

雷大力笑了:"小米哥,你这些投机取巧是随的我唉?"

雷小米把酒倒好,对雷大力说:"搞点嗨曲,喝起来嘛!"

雷大力很是配合地点开手机里的音乐:"要得!整起!"

雷小米觉得光听歌还不够,拉着老爸起身,使了个眼色,雷大力心领神会。雷小米立马用脚勾着雷大力的脖子,头朝下,像一个摆锤一样,被雷大力转了起来。一旁柜子上高亚君的遗像,仿佛正在看着这对父子玩耍,这就是他们从前的生活。

突然,"咚咚咚"的砸门声响起,把两个正玩耍的人吓得一愣。

随即一个女人的声音传来:"这套房我们先订哩,你给老子出来!跟老子搞这一套!爬①出来!"

雷大力和小米面面相觑。雷大力要去开门,小米警觉地拉住他,雷大力把小米护到身后。

门一打开,四目相对,目瞪口呆。门口竟然是火嫂,她身后还站着火哥。火哥火嫂也真的是"火呆"了——这是什么情况?

小米不知所措地望着这三个人,老爸和叔叔阿姨不是好朋友吗,好朋友还带这样的?

真是世事难料!谁能想到,为了这么一套"凶宅"互相厮杀的两家人,竟是身边最亲近的人。

干架是干不成了,火嫂欲言又止,最终没说出一个字,一脸不甘心地转身快速离去。火哥跟也不是,不跟也不是,手忙脚乱地比画一通,也没能说出个所以然来,急得一跺脚,

---

① 爬,四川方言中骂人语,意思相当于"滚"。

就去追火嫂了。

雷大力内心很不是滋味,但他也没办法啊,事已至此,他不能回头了吧?

雷大力只感叹,生活真厉害啊,谁都不是它的对手,它总有办法打你个措手不及!

5
第五章

一个人承担了所有

那以后连续好几天,火哥都给雷大力发微信说:"不能来上班。"雷大力知道,是火嫂憋着一口气,在拿火哥出气。

这天,雷大力去附近的商业街办事,当他开到通往商业街的小巷时,忽然下起了雨。巷子里人来人往,人们撑着伞行色匆匆。雷大力的车子一下子熄了火,他下了车正要去检查,忽然看到一个熟悉的身影,认真看了看,还真是箭箭妈火嫂。就看她站在一间美容店门口,浑身都是雨水地在给过往的白领们发传单,本来下雨了大家都急着赶路,被她这么一拦,都不耐烦地匆匆闪开了。

雨越下越大了,火嫂停了下来,看样子今天发不完了,还是先回去吧。她一转身,就对上了雷大力。

雷大力正在心里抽打自己。他之前有好几次开车经过这里,好像都看到过火嫂,这里美容院、健身房是不少,当然也有一些非绿色的。火嫂不去上班,老来这儿,很让人起疑心啊。

这会儿雷大力比火嫂都尴尬,还是火嫂先走过来,但开口还是刺棱棱的："破车又熄火了？当冤大头都不舍得换车，该你背时。"

雷大力尴尬地看看远方："真的没想到。"

两人走到商铺的屋檐下避雨，火嫂说："中介公司我去了有几十趟，那些学区房，要么抢不到，要么买不起……碰到这一套，我觉得是走了狗屎运，我刚刚把钱凑齐，咋个就遇到你嘛……哎，闯你妈个鬼①哟！"说完这些，火嫂恨恨地拿手抹了一下脸上的雨水，有点跟自己较劲的感觉。

雷大力从身上摸索出一个皱皱巴巴的纸巾袋——还剩最后一张纸巾，递给了火嫂。

火嫂擦着脸上的雨水，情绪稍微平复了一些："雷哥，我骗老火说我来美容院工作了，其实我不是辞职，是遭辞退了……"

雷大力的心头涌过一丝酸楚。他这段时间过得并不轻松，自己疲于奔命的时候，在他看不到的地方，别人也都在汗流浃背地生活。成年人的生活，哪有容易可言呢？

有些画面在雷大力的脑海里快速闪过，他想到了火嫂从小便对箭箭要求严格，对此他和儿子还经常坐在一起吐槽火嫂；他想到了火嫂对火哥的恶语相向，自己每每看到，就会在心里拿她和高亚君对比，然后暗自庆幸自己的老婆温柔优

---

① 闯你妈个鬼，四川方言中骂人语，意思是"倒霉"。

秀、通情达理。但现在看来，谁又比谁高贵呢？自己不也是为了孩子上一所好的小学费尽心力，甚至不惜三番五次放低姿态、毫无尊严地去求陆总。这样一想，雷大力就有点理解火嫂了。

时代的洪流推着每个人做出选择，对错难以置评。

火嫂继续抱怨着："我们那个小公司，新招哩妹儿都是硕士、博士，妈哟，一个比一个年轻漂亮，就我这个破学历，我要是老板儿也会喊我各人①滚……首付哩钱我骗老火是借老同学的，其实是我哩遣散费……"

雷大力有些愧疚地说："你失业了咋不跟我讲嘛？"

火嫂的语气软了下来："你对我们家已经够意思了，我不能再麻烦你……雷哥，我晓得在娃儿的事情上，你一直对我有意见，我也不想逼他们两爷子②，我也累，有时候累得我躲在屋里偷偷地哭，他们两爷子都不晓得。我没得办法，我慌啊，我是真哩慌啊……"

越说越觉得心酸，火嫂的眼泪掉了下来，她看着巷子口的人来人往："你看，他们都好忙嘛……所有人都在跑，你敢停唛？"

雷大力也望向川流不息的人群，每个人都步履不停，疾

---

① 各人，在四川方言中代指自己。
② 两爷子，在四川方言中意思是"父子俩"或"父女俩"。

步匆匆。

火嫂自顾自地说着:"房子哩事我不怪你,两边都是娃儿,要怪就怪我各人没得本事……"火嫂看着前方,眼泪掉得更凶了。

街上行人如织,雨渐渐地停了下来,雷大力和火嫂坐在台阶上,两个人在这车水马龙的街道旁,显得格外渺小。

有一首歌这样唱:"对抗现实,想要把日子都过成诗",却有多少心事不欲人知。

雷大力的生活和心事不是不欲人知,而是无人可说。

办完事回到家,天还亮着,他独自来到楼顶,看着逐渐下沉的夕阳发呆。

意识到雷大力已经出去很久了,雷小米不放心,于是顺着楼梯往上爬,去找雷大力。他发现雷大力站在顶层的走廊上抽烟发呆。雷小米心里有点慌,脱口喊了声:"雷大力。"

雷大力听到儿子的声音,赶忙掐灭手里的烟。

雷小米不放心地上下打量着雷大力,试探性地问:"你不会要跳楼吧?"

雷大力笑了:"我跳楼做啥子?"

"我可只有一个爸爸啊,你不要想不开。"

雷大力又好气又好笑，轻轻地弹了一下小米的头，这是说的啥子话嘛！

雷大力想了想，然后认真地问小米："我问你，如果幼儿园只剩一份午饭，你和另一个小朋友都没吃饭，你会咋个办？"雷大力坐在台阶上，把小米揽到身边。

雷小米有些不解："你在想啥子？"虽然不解，但雷小米还是思考了一下，然后认真回答，"如果他比我胖，那还是我吃吧。"

很好，这回答非常雷小米。

雷大力又问："如果比你瘦呢？"

雷小米眼睛一转，应该是想到了参照物："你是说箭箭吗？那我肯定都给他，他太可怜了。"

雷大力很是欣慰，儿子拥有善良和扶弱的美好品质，他忍不住打趣小米："你还有点耿直嘛！"

雷小米对待这个问题很是认真："箭箭是我兄弟，火叔叔是你兄弟，你说对兄弟一定要耿直。"

雷大力又问："那你咋个办？"

小米突然沉默了，短暂地停顿后，他说："……我晓得你想问我啥子。"

雷大力愣住，小米站起身，趴在栏杆上，望着前方，缓缓开口："我们把房子给箭箭吧，我们不能对不起兄弟。"

雷大力怕儿子觉得自己干出了对不起兄弟的事，赶忙解释："不是我对不起兄弟，没有你，我哪个都对得起……我没有这个本钱嘞。"

雷小米看着雷大力，雷大力纠结地望着远处的高楼大厦。夕阳透过楼道照进来，父子俩站在那里看着远方。很显然，两个人都存着心事，但都不打算现在说出口。

第二天，雷大力便带着火哥去中介公司做房产转卖。

雷大力开着车，始终不发一言，副驾上的火哥欲言又止，一脸为难的表情。

车停在了中介公司不远处的马路边，火哥终于开口了："雷哥，这……我脸上都挂不住了，除了'谢谢'我不晓得该说些啥子……"

雷大力递出一张名片，说："这是我兄弟伙[①]哩公司，正在招人，莫让你婆娘发传单了。"

火哥此刻恨不得找个地缝钻进去，十分不好意思地接过名片："这个，哎……"

上次见面后，雷大力劝火嫂跟火哥如实相告，夫妻之间本来就应该相互扶持，共渡难关。如今看来，自己的话，火

---

① 兄弟伙，在四川方言中泛指小集团中的同伴。

嫂是听进去了。

不远处传来一阵吵闹声，雷大力和火哥抬头，只见一票人聚集在中介公司门口，拉扯着中介公司的工作人员，情绪异常激动。

雷大力和火哥隐隐感觉要出事，于是跟着挤进去。

中介小李正堵在门口，不断地解释："我们也没得法子，决定不倒啊。"

雷大力抓住他询问："咋个回事？"

小李为难地说："大哥，刚刚发布了新政策，开始实行多校划片，电脑派分，你们这个小区被划出实验一小了。"

啥？

雷大力和火哥都傻眼了，激动的家长们嚷嚷着要中介解决，双方在中介公司门口撕扯着，场面十分混乱。雷大力和火哥见状，觉得在这里耗着也不会有什么办法，于是决定先回家。

雷大力把车开到楼下，没有立刻下车。这是第一次，他不敢回家。他害怕面对小米，更不敢看到高亚君的照片。终究是辜负了老婆的嘱托，雷大力这样想着，一种前所未有的无力感席卷而来，仿佛再次体会到高亚君去世时的钝痛。

深吸了几口气，雷大力决定告诉小米真相。"没得事，天塌不下来，最起码我还有小米。"雷大力这样想着，突然间又有了几分底气。

雷大力上楼开门，小米正等着自己，见到他回来很开心。雷大力刚刚鼓起的几分勇气瞬间土崩瓦解。

他关上门站在门口，就那么站着，不知道下一步该干什么。雷小米看出了老爸的反常，知道老爸肯定是遇到了不好的事情，于是用轻松的口吻说："雷大力，有啥子事不能告诉小米哥？我不是说过会罩倒你得嘛。"

雷大力啜嚅着开口："小米啊，那个实验一小……不是，这个房子……学区房，可能没得用了……"

雷小米一听，随意地摆摆手："我还以为多大的事情，就这个啊。"雷小米什么时候在乎过学区房？他在乎的是雷大力啊。他丝毫不觉得这对他来说是什么坏事，但是老爸需要他开导啊。

经小米这么一说，雷大力确实轻松了一些，甚至还冲小米笑了笑，小米见状，干脆跳下椅子："雷大力，今天我请客，请你吃火锅，要不要得？"

雷大力的心啊，一下子就热了。小米哥，真的可以罩他了！雷大力不忍心再让小米担心，便爽快地答应了。

都商量好了要请吃火锅，小米哥自然很上道地拿出了他的压岁钱。

吃完火锅回家的路上，雷大力接到火哥的电话，请他明天去家里坐坐。雷大力猜到火哥跟火嫂说了新政策的事,也大概猜到了其实是火嫂想请他过去商量房子的归属问题——总要有一方接盘的。

深夜,待雷小米熟睡后,雷大力又独自起身,点了一支烟,对着高亚君的遗像喃喃地说:"还得来一根,对不起嘛……"

新城街道,车辆穿梭,雷大力载着雷小米开往火哥家。

雷大力早上醒来嗓子就倒了,他一开口:"小米哥……"像老了30岁。

小米吓出了猪叫声:"咋个了?"

都是吃了火锅的,雷小米一点事儿没有,雷大力一夜间嗓子就哑了,很明显是急火攻心啊。

"没啥子事,昨天吃太多了。"雷大力哑着声音说。他打开车载广播,新闻主播那没有什么情绪起伏的声音从电台中传来:"为了促进教育资源流动和教育公平化改革,遏制学区房抢房、炒房的风潮,抑制房价的非理性增长,本市刚刚颁布学区新政,这使得教育和房产会逐步脱离,拼娃不再是拼房……"

每一个新政策的实施,都会伴有阵痛期,而学区房新政引发的阵痛期,才刚刚开始。

雷小米已经知道老爸昨晚那么沮丧的原因了,有些问题可能不是一顿火锅能解决的,现在老爸又要去火叔叔家吃饭,听起来就像鸿门宴啊,电视上说,鸿门宴都是有去无回的,那老爸……雷小米挠挠头,有点麻烦啊!

到火哥家后,火哥第一件事就是给雷大力揪脖子治上火,没几下雷大力的脖子上就现出几条血红的大印子。

客厅里电视机一直在播新闻,餐桌上摆放着一个辣火锅,汤料已经沸腾,满屋子都是辣椒味,雷大力只感觉有刀片在一下一下地拉嗓子。

火嫂开始往锅里下菜,几个人的表情都有点绝望。

火嫂满脸堆笑地对雷大力说:"雷哥,吃噻,你最喜欢哩牛油火锅儿,专门给你弄哩。"

雷大力张口,嗓子已经完全哑了:"吃,吃不下……你们吃,你们吃……"

火嫂见状,赶紧从柜子上拿来一张CD递给雷大力:"你失眠莫吃药哦,听这个,效果好得很。"

雷大力接过来一看,瞪大了眼睛:"胎教音乐啊?"

火嫂肯定地说:"我就是听这个治好哩。"

三人陷入一种尴尬的沉默中,旁边的箭箭和小米慢腾腾地吃着火锅。小孩子嘛,只要有好吃的,就很容易忘掉烦恼。箭箭平时习惯了家里兵荒马乱的气氛,这会儿安静了,他也不明白怎么回事,盯着几个大人左看看右看看,没看出什么名堂,干脆努力干饭。小米本来有点担心老爸,但还是先被这个"鸿门宴"俘虏了,先"干饭"为敬。火哥老年痴呆的老妈,坐在床上一边看电视一边吃着东西。

火嫂咬咬牙,决定开始商量学区房的事:"雷哥,你都帮我们到这个份儿上了,我都不晓得该怎么说,那套房子,要不我们家就买了……"

雷大力哑着声音接道:"哦,这个样子啊……"

火嫂一看雷大力这反应,紧接着说:"但我们买下确实也没啥子用啊!真哩,我们还有这套房子的嘛,四口人住起还蛮温馨哩……哎,你说咋个办呢?"

火嫂故作为难,雷大力看出了火嫂的意图,没有接话,而是转头问火哥:"你说咋个办呢?"

火哥很尴尬,一边是多年的兄弟,一边是跟自己过日子的老婆。他很难抉择,自言自语着:"你说咋个办呢?"

痴呆老太太吃着一小碗菜看着电视,突然冷笑了一声。你还真别说,老太太每次搭话,都能搭到点子上。

三个人又陷入尴尬的沉默,小米和箭箭两人对视一眼,不敢吱声,继续闷头吃火锅。

还是火嫂先打破了沉默:"前几天我们遇到一个风水大师,他说死过人的房子也能转运,对做生意哩老板儿特别好,我一听,正适合你噻……我们就给你求了个好东西,放你屋里……"火嫂说着瞄了一眼火哥,感觉他要反悔,赶紧抬脚踢了火哥一下,火哥这才为难地从桌子底下搬出了一尊佛,放在火锅旁边。

雷大力惊得都快坐不住了,事情都到这个份儿上了,看来没得选择了。

火嫂还在乘胜追击:"雷哥,这套房子虽然不是学区房了,但总算是个家噻。"

火哥实在忍不住了,从一开始他的内心就备受煎熬,于是拿起佛想搬回去:"这样真哩要不得……"

火嫂见火哥又想反悔,在桌子底下往死里踢火哥。

火哥小声嘟囔着:"我们再商量一下嘛。这样真哩不好……"

两个人拽着手里的佛抢来抢去,雷大力更尴尬了,坐也不是,站也不是,他甚至求救般地看了眼雷小米,无奈小米正在埋头处理午餐肉,错过了这个信号……

雷大力耐不住尴尬,借口肚子不舒服起来去上厕所。

卫生间里,雷大力站在镜前看着自己,火哥火嫂在外面争吵的声音还是能传到耳朵里。

火嫂斥责火哥:"风水大师都说要得,你说要不得?"

火哥反问火嫂:"就算是大师,也得为别人考虑一下哈。"

火嫂又是一通连珠炮，火哥终于爷们儿了一回，一拍桌子，对着卫生间怒吼道："雷哥，这件事你不用管，我们家的事，我自己处理！"

雷大力见实在躲不下去了，只得从卫生间出来。气氛已经压抑至极，火嫂怔怔地看着火哥，眼睛里已经被逼出了泪花，她一字一句地对着火哥说："火春风，不要再遮掩了，人我来得罪，脸我也不要了，不仁不义都可以甩到我脸上来。雷哥对我们家哩好我心头不清楚唉？你想有志气，志气好多钱一斤？不是我吓你，要是娃儿上不了学，再背一身债，我们家就真哩完了。"火嫂又气又急，眼泪顺着脸颊流了下来。

说老实话，这段日子火嫂已经当着雷大力的面哭了好几回了。

雷大力内心也很煎熬啊，赶紧打圆场道："哎呀，咋个还吵起来了！那套房子本来就是我哩，有啥子可争哩嘛？来，喝一个……"雷大力伸手把佛放到自己身边，举起酒杯。

佛像这一放，雷大力等于彻底承担了所有。

火嫂内心也无法接受自己的做法，但她真的无可奈何。她低头用手背擦了一下眼角，抬起头来眼眶红红的，她站起身，端起酒杯，用有些颤抖的声音对雷大力说："雷哥，对不起。"

雷大力做出满不在乎的样子说："哎呀，莫说这些……

喝酒,喝酒。"

旁边的火哥低着头给自己倒了一大杯酒,全干了,他实在没脸看雷大力。

一旁的小米看着那尊镇宅佛,在火锅的腾腾热气之中,佛像若隐若现。他忽然想起那天去"少林寺",噢不,是"文殊院"时,里面烟雾缭绕的样子。这是他6岁半的人生需要理解的事吗?

他才6岁半啊,他还是个孩子啊……

从火哥家回来,已是夜里。雷大力站在这套已经没用的学区房的阳台上发呆,突然,"砰"的一声,估计是哪里的水管又爆了。雷大力的内心已经毫无波澜,他回屋里去察看,刚走到卫生间门口,水已经流了出来,雷大力蹲下关掉了阀门,一转头,发现小米举着那尊镇宅佛,晃晃悠悠地放到了客厅的柜子上。

雷大力刚想张口,小米突然直挺挺地跪下了,雷大力被他这动作吓了一跳,只见小米认认真真磕了三个头。雷大力看着儿子,目瞪口呆。

雷小米对雷大力说:"没得事的,不上重点小学,我也能成为我自己啊。"

雷大力摸摸小米的头,雷小米有时候懂事得让他心疼,他不能逼迫小米,一定……一定还有别的办法。

6

第六章

最后一根救命稻草

学区房的事，在不尽如人意中画上了句号。雷大力还得抽空去离个婚，他打电话约刘真真见面。

电话里刘真真声音比较轻快："这么快就办妥了，有点令人刮目相看哦。"

雷大力一下子就被戳中了痛点："那个事，没办成。"

刘真真迟疑片刻，马上反应过来是怎么回事了，问："是不是划片后，学区房划出重点小学了？"

雷大力有点佩服刘真真，消息是真灵通，妈妈群果然不是白混的。

刘真真因为业务繁忙过不来，便把雷大力约到了一个共享休息站。

雷大力赶到时，就看到共享休息站里坐着六七个妈妈，周围零散坐着一些陪同孩子写作业的家长。刘真真坐在妈妈们的最中间，把手里厚厚的资料传递给周围的妈妈，并严肃地开口："今天有两个妈妈不想参加，已经被我踢出群了，大家的时间都很金贵，谁也等不了谁。"几个妈妈既吃惊又惶恐，随即加快了手里传递资料的速度。

雷大力都看呆了，一时之间竟不敢说话，生怕打扰她们。

刘真真似乎没注意到雷大力的到来，继续对着妈妈们一顿输出："咱们回到正题，培训班不是保险，是给学有余力的孩子的，咱们群太多'伸手党'，我只是提前帮你们上岸。你们几家的孩子都是人工牛，鸡娃的方式也是家鸡，将来你们想继续工作，还是班鸡比较好。荤鸡的才艺和素鸡的语数外同时搭配，想走奥牛方向也可以，别等孩子变成小蝌蚪你们又后悔。"①

雷大力听得云里雾里，每一个字他都听懂了，咋放在一起就不懂什么意思了呢？

七八个妈妈低头看着资料，小声交流着，刘真真不经意间抬起头看到雷大力，雷大力赶紧抬手跟她打个招呼。雷大力脑子还是蒙的，什么"家鸡""人工牛"，是能吃啊，还是不能吃啊？

刘真真对着妈妈们叮嘱了几句，过来找雷大力。

俩人在商场里边走边聊，刘真真火速去便利店买了个三

---

① 妈妈群交流用语解释：
　　人工牛：靠后天培养出来的优秀小孩，不是有天赋的。
　　家鸡：父母有一方或两方在家"鸡娃"，不靠任何课外辅导班。
　　班鸡：给孩子报很多辅导班，靠课外班达到"鸡娃"目的。
　　奥牛：奥数很厉害的孩子。
　　小蝌蚪：最普通的、毫无竞争力的孩子。

明治,狼吞虎咽地吃了几口,雷大力见状,有点不敢置信:"你也太拼了嘛,挣钱也不能不吃饭噻。"

刘真真笑了笑,像是习惯了这样的生活。她胳膊下面还夹着宣传册,估计今天赚了不少钱,整个人神采奕奕的,步调也非常快。雷大力一路跟着,又大概讲了一下事情的经过,一副一筹莫展的样子。本想优雅转身,不料华丽撞墙!这会儿还鼻青脸肿的,不知何去何从啊!

刘真真脸上没什么波澜,似乎见怪不怪:"政策调整,太正常了,你这是帮朋友挡了一刀啊。"

雷大力说:"那我们俩的事,是不是也得处理处理?"

刘真真立马紧张起来:"不过,我这钱……"

雷大力上的火一时半会儿怕是消不下去了,嗓子还是哑的,说:"哦,我不是找你退钱的。"

刘真真这才如释重负:"吓死我了!"

雷大力这次找刘真真,除了要跟刘真真办离婚,也是想咨询一下学校的事,毕竟刘真真这方面的调研经验丰富,特别是听了她刚才那一顿输出,他更加坚定了找刘真真有希望的想法。

雷大力问刘真真:"那你女儿去哪里上学呢?"

提到女儿,刘真真颇有些得意地说:"求知小学,知道吗?"在她的运筹帷幄之下,女儿上求知小学已经十拿九稳了。

雷大力像个"白痴"似的摇摇头。

刘真真调侃道:"连求知你都不知道?那可是民办私立里的 TOP 1,跟实验一小齐名,你对学校都没做全方位调研吗?就只知道买个房上学啊!"

雷大力有些不好意思地挠挠头。

刘真真追问:"小学奥数学完了吗?"

雷大力不解:"啥子是奥数?"

刘真真又问:"英语对话流利吗?"

雷大力一脸茫然:"我又听不懂。"

刘真真连珠炮般再问:"认字超过 3000 个了吗?"

雷大力一脸蒙地回答:"没数过。"上次"文殊院"还认成"少林寺"呢。

刘真真有点恨铁不成钢地埋怨:"早干吗去了,光顾着挣钱了啊?"

雷大力一脸苦笑地说:"挣个锤子。"

刘真真也很无奈,只好问他:"那你现在怎么想的?"

雷大力丧气地说:"实在不行,就上个普通对口吧。"

刘真真看着雷大力,总体上觉得雷大力这个人挺实在、挺仗义,经济条件也还过得去,就是运气背了点。同是天下父母心,她多少有点感同身受,所以她想了想,然后对雷大力说:"我带你去一个地方。"

雷大力像抓着最后一根救命稻草似的,紧紧跟着刘真真。

当他们走进一间大阶梯教室时,里面已经人满为患,大屏幕上写着"幼升小行动学习促进师",台下坐满了家长,教室中央横着六个大字"抢跑抢跑抢跑",教室两侧贴满了助力辉煌未来的励志标语。雷大力跟着刘真真挤到一个角落里听讲。

培训班的老师仿佛打了鸡血,她指着电视屏幕,上面播放着一张金字塔形图表。"鸡血"老师像个成功学讲师,声音高亢有力地进行着宣讲:"这是一个概率问题……想考一本,三所重点高中概率更大,想上这三所高中,倒推是这三所初中,再倒推下面的小学,还剩几所,可以看到了吧?普通对口可以上,这还是概率问题,重点小学和普通对口,一个看全班排名,一个看全校排名,你怎么选?你依然躲不过巨大的竞争,一步差,步步差……"

每一个字从话筒里出来,都像一把锤子捶在家长们的心上。雷大力听得心里发慌,他扫视了一眼教室里的家长们,见他们个个神情肃穆、紧张不已,他们一会儿拿起手机拍摄,一会儿低头做笔记。雷大力不知道他们在拍什么,也不知道拍完以后有什么用，但在这种高度紧张的气氛下，他总觉得自己不跟着干点啥，可能会损失一个亿，于是也赶紧拿起手机开始拍。

他甚至都没有意识到自己在不知不觉中已经被周遭的环境裹挟着向前了。或许，在时代的洪流中，没有人能置身事外，也没有人能真正独善其身。

投影变换，大屏幕上出现一份6岁孩子的简历。

"鸡血"老师语气更加昂扬："看，一线小学的牛娃入学简历，3岁开始备战幼升小，6岁开始学微积分，认识古汉字3000个，英文年阅读量超过500本，有的还会画心血管图，你们的孩子在干吗？还在撒尿玩泥巴吗？！好学校还有分班考，就是分特色班，幼儿园没有努力过，进入特色班的概率能有多大？每位家长都要在心里放一个question mark（问号）！还不抓紧吗？竞争还不激烈吗？还不给娃加码吗？"

雷大力目瞪口呆，对着身边的刘真真悄声说："这些孩子还是人类吗？"

刘真真斜了一眼雷大力："这就叫投资，房子股票都不安全，投资孩子才是给未来上保险。"

雷大力耸耸肩悄声说道："那我可能算投资失败了吧……"

刘真真思索了一下："看在10万块钱的分儿上，我可以做你的投资顾问。"

雷大力听到刘真真这句话，眼睛里重燃希望之光："真哩啊？"

此刻，在雷大力眼里，刘真真简直在发光，那是他的希望之光。

台上"鸡血"老师还在大喊："说下我们的口号，越努力——"台下家长齐声接："越幸运！"

雷大力经历了这股龙卷风般的"鸡娃洗礼"后，忽然开始怀疑自己——我是不是误会了什么，还是我做错了什么？现在6岁的孩子都能把我按在地上摩擦了，等将来雷小米长大了，不得被这些同龄人按在地上反复摩擦？这不行啊，违背他的意愿和承诺啊。此刻，雷大力更加坚定了——小米还是得上好学校，就算不站到金字塔尖上，那也不能在起跑线上就输了。如果从一开始就待在塔底，以雷小米的性格，怕不是就一直在塔底躺平了吧？之前还是他把上学这个事情想得太简单了，看来，他得多听听他这个"投资顾问"的意见了。

从培训班出来，刘真真对雷大力说："你明天带你儿子过来，咱们要为他做具体规划。"

雷大力点头如捣蒜，为今之计，唯刘真真马首是瞻啊！

翌日，雷大力带着小米到了约定的商务楼里。时间还很早，但那里已经聚集了很多家长和孩子。雷大力眼花缭乱地跟着刘真真穿梭其中，有练习轮滑的，有打篮球的，有打乒乓球的……除了各种广告牌林立其中，还有各种推销培训班课程的广告摊。

三人走在弯弯曲曲的培训班走廊里，边走边密谋着。准确地说，是刘真真和雷大力在密谋，雷小米是被密谋的那一个。

"求知一小今年组织了一场考试，报考人数非常多，主要是学校的升学率实在没的说。"刘真真严肃地说。

雷大力振奋起来："小米还有希望吗？"

刘真真根据自己多年的经验给出答案："基础太差的孩子肯定没希望……除非你有其他砝码的加持。"

"啥子砝码？"雷大力一脸期待。

刘真真指着那些培训班说："就是你看到的——特长！"

雷大力、雷小米不自觉地对望一下，雷大力迅速地别开了眼，有点犯愁："可小米没啥子特长。"

刘真真决定拉雷大力入伙，就说："这样吧，我先拉你进'鸡娃'群。"

雷大力还是挺不屑的："就是那种天天PK孩子的？"他第一时间就想到了火嫂。雷大力觉得自己多少还是有点底线的,他可千万不能变成火嫂那样,不然小米就会成为第二个箭箭。

刘真真对雷大力的不屑更加不屑:"这是信息源泉,你懂吗?我们群里500多位老母亲,每天都坚持不懈地执行'牛娃养成计划'。"

雷大力觉得刘真真给的这个方法简直是在突破自己的底线,一个男人绝不能对此无动于衷——于是他决定降低底线。

两人走到舞蹈教室门口,看到一堆人趴在玻璃窗前往里看。这世界上有两种生物会趴窗户,一种是壁虎,还有一种就是家长。刘真真也挤在玻璃窗外殷切地看着里面,雷大力也跟着往里看,就看到一个小女孩正在痛苦地被老师压腿。

刘真真见到这个小女孩后,表情立马柔和下来,一副慈祥的神态:"那是我女儿,小名叫妹妹。"

雷大力有些心疼地看着妹妹,脑子里在想,刘真真小时候有没有学过跳舞呢?也被这样痛苦地压过腿吗?他想起自己这么大的时候,虽然经常因为调皮捣蛋被爹妈抓住就是一顿胖揍,但是小时候的日子回想起来都是上树偷桃啊,下河抓鱼啊……多有意思啊!但高亚君就不一样了,高亚君说她对小时候没什么记忆,就是写作业考第一,参加奥数,练琴……高亚君一直不快乐,才会得抑郁症。雷大力心想,小米绝不能这样!他绝不能这样对小米!不过,以小米哥的性格，碰上妹妹这种情况，他不得一个反手按住人家的手三里穴，或者趁早撒丫子跑了。

刘真真沉浸在自己的世界里，像在展示自己的优秀作品，得意地问雷大力："知道我们群的宗旨吗？"

雷大力傻子一样地摇头。

刘真真一脸自豪地说："心要野，命要硬！"

手机信息提示音叮叮作响，是刘真真的手机。她快速拿出来，微信群里的消息都快要溢出屏幕了。

"各位妈妈，孩子3岁，应该学钢琴、电子琴还是电钢琴啊？"

"我儿子考级，小提琴右手的分弓、连弓、顿弓还有什么方法加强？"

"钢琴大汤2[①]学完了，车尔尼599、拜厄和哈农先练哪一个好？"

……

刘真真把雷小米带到一间钢琴教室，先探探雷小米的基础。

教室里摆满了奖状和奖杯，无一不在彰显着老师的教育成就。

老师弹琴测试雷小米的音准，小米努力地张口唱着，老

---

① 指《约翰·汤普森现代钢琴教程2》。

师推了一下眼镜，一副吃了屎的表情。

刘真真的微信群提示音持续作响：

"速写5级考过，马上水粉4级，推荐接私课的名师啊！"

"接私课你家孩子也撑不住吧，都6个培训班了……"

"6个还行，昨天重新排了，挤出一个半小时，又加了一个书法。"

……

眼瞅着雷小米唱歌不行，刘真真便把他带到了自己女儿的绘画班。

绘画班里，一只脚的雕塑摆在中间，小朋友们围坐一圈纷纷拿笔画着，老师就这么转着圈看着。妹妹画得十分出色，老师满意地点头，转到小米身后，只见他在纸上画了一个脚底板，然后在上面一个点一个点地标注穴位。

老师石化在原地，小米转头呆呆地望着老师。

很显然，这条路也行不通了。雷大力只得带着雷小米不停地换培训班，父子俩就像背着全村的希望，在祖国的大好河山里乞讨……

刘真真微信群里的消息就没停过：

"儿子围棋学不会，谁能告诉我双吃、门吃和抱吃的区别是什么？"

"孩子5岁考完10级了，还有段位要考，还要不要继续啊？"

"职业九段老师在线授课，你和儿子一起报班吧，上班也能学！"

……

围棋班古香古色，小朋友们正在认真下棋，妹妹也在其中。她认真地思索着每一步该怎么走，有着这个年纪少见的沉着冷静。反观雷小米，他已经困得趴在棋盘上睡着了，口水都流了出来。他对面的小朋友拼命举手，指着雷小米示意老师。老师走过来拍了拍雷小米，他惊醒过来，脸上还粘着一个棋子。得，又折了一项。

舞蹈教室内，一个小女孩激情盎然地跳着拉丁舞。门外一排家长赶紧给孩子喂水、喂水果，妹妹全身湿透地跑出来，刘真真直接给她换上干衣服，让她回到教室继续练习。

雷大力转头，只见小米美滋滋地吃着蛋糕，满嘴奶油，像个傻子一样。雷大力扶额，他不知道该怪小米，还是该怪自己。

很快，这一天就在妹妹样样拿得出手和雷小米样样"学渣"的忙碌中结束了。雷大力自告奋勇送刘真真母女回家。

万家灯火时刻，雷大力背着已经累得睡着的妹妹在一条全是台阶的大陡坡上爬坡,累得气喘吁吁,刘真真拎着画板和大包小包的衣服,小米也帮忙背着一个包,跟在两人后面。

雷大力累得说话都不利索了:"妹妹看起来瘦筋筋哩,背起爬坡还有点考验体力哟,你平时也是这个样子背她回家?"

刘真真嘿嘿一乐:"都习惯了,就是太费腰,腰总疼。"

雷大力终于觉得有点吃不住劲,怕摔着孩子,停下来站在台阶上休息,刘真真从后面帮他托着妹妹的屁股。

夜幕降临中,身后的小米看着两人站在台阶上的身影,就像他看过无数次的别人的爸爸妈妈在一起的样子。那种不舒服的感觉又来了,上次有这种感觉,还是跟着他俩领结婚证的时候。雷大力原来说的就是为了买房子假结婚,雷小米心中本来都已经放下戒备了,现在看他们这个样子,雷小米心中警铃再次大作,他不会真要多一个妈妈和妹妹吧?

"不行,我反对这门亲事,没有人能跟妈妈比。"雷小米想道。

这边雷大力也是一筹莫展。没有对比就没有伤害,看到了妹妹,雷大力觉得小米就像地主家的傻儿子,关键自己还不是地主,不能给小米地主儿子一样优渥的生活,所以他焦急地开口:"还好妹妹争气,小米,唉……咋个办?"

看着雷大力有点焦虑的神情,刘真真安慰道:"别急,特长不行,还有笔试,补习班也要抓紧,我帮你介绍……"

雷大力看看刘真真,发自内心地感叹道:"真的太感谢你了。"

刘真真有点惊讶于雷大力的认真:"突然这么走心,我有点受不了啊。我也是看你不容易,咱俩都是一个人带娃,同'命'相怜啊……"

刘真真也有点走心了,雷大力看着刘真真的脸,余光瞥到身后的小米。小米瞪着两人,眼睛里似乎写着"你俩要干啥"。

雷大力读懂了雷小米的眼神,赶忙打破气氛:"当然,也是看在 10 万块钱的分儿上啊。"两个人都尴尬地笑笑,不再说什么,继续往刘真真家的方向走。

送刘真真母女回家后,雷大力父子俩也回到了自己的家。这一天,两个人都很累,雷小米是在不同培训班辗转的累,雷大力是心累,他觉得再这样下去,小米真的会被所有的小孩子甩在后面,被甩在后面就不能上好的学校,不能上好的学校就不会有出息,就等于自己没有兑现对老婆的承诺……雷大力有种世界末日来临的感觉,但又不想就这样坐以待毙,于是连夜买了一套幼升小真题寄到洗浴中心,他决定一边工作,一边辅导小米的功课。

转天,一套幼升小的真题集便堆在了雷大力办公室的桌子上,雷大力随手翻看着,此时的小米正在柜子底下玩耍。

雷大力指着书上的拼音表教小米:"m,ǎ,马,连起来读。"

小米心不在焉地绕口读出:"沃尔玛。"

雷大力有种被直击天灵盖的无力感:"沃尔玛是超市啊,大哥!"

雷大力气不过,把雷小米从柜子底下拉出来按在了茶几上让他坐着,自己则坐在对面,指着书上的一个字:"这个字,念啥子?"

雷小米答:"云。"

答对了!雷大力的暴躁被抚平了些:"对了,加一竖呢?"

雷小米答:"去。"

看来孺子可教啊,雷大力有些欣慰:"可以哦,组一个词语!"

雷小米脱口而出:"我去。"

雷大力崩溃,不死心地再给小米一次机会:"小米哥,用'即使'这个词造个句子。"

雷小米想了想:"5号技师已经上钟了,老板儿,换一个技师吧!"

雷大力要疯了,用他并不标准的普通话吼道:"即使,即使,即使,不是技师!"

雷大力气馁地把书丢到桌上,刚刚还觉得雷小米孺子可教,现在他只觉得朽木不可雕。他现在多多少少体会到了火嫂曾说的"不写作业,母慈子孝;一写作业,鸡飞狗跳"的心境。

不,应该是营养不够,雷大力不死心地想,于是倒了一杯牛奶给小米。

雷大力犹豫了一下,又倒了第二杯,这一杯是给自己的,他觉得,辅导孩子功课,自己也需要营养。雷大力好歹也是天塌下来都要先填饱肚子的乐天派,这一点上,雷小米属实得到了他的真传。

再次回到办公桌前,雷大力边喝牛奶边念题。雷小米已经爬到办公桌上,举着茅台瓶子一边喝水,一边玩着孵蛋器。

雷大力想要借机考考小米:"有两杯牛奶,我先喝了半杯,你给我倒满,我又喝了半杯,你又给我倒满,最后我全部喝完。请问,我一共喝了几杯?"雷大力胀着肚子把所有牛奶全部都喝下去了,很好,营养全都补给自己了。

雷小米还是蒙的:"你能不能再喝一次?"

雷大力快要疯了:"再喝我要吐奶了!"

雷小米边玩边敷衍:"好好好,不喝了不喝了。"

雷小米觉得这样不是办法,自己不能一直处于被动状态,于是爬下桌子，举着几本习题集放到雷大力面前，掀开。

雷大力蒙了："你做啥子？"

雷小米一副老神在在的样子："我看有些题你也不太会，你先好好学学再来教我。我去泡个澡。"

雷大力急了："我学会有个锤子用啊！你给我回来。"

小米根本不惧怕，直接摇摇晃晃地走出房间，走时还不忘调侃："好好学习……"

雷大力作势吓唬小米："老子冒火了哪个都劝不倒哦！"

小米的声音从门外传来："天天向上。"

雷大力起身追了出去。小米这股子机灵劲儿，全用在"歪门邪道"上了，他往浴池跑，想"混淆视听"。小米穿过更衣室跑进男澡堂，雷大力追进去想从池边抓他，小米脚下一滑，直接摔进浴池，砸在一个泡澡大哥的身上，瞬间给大哥压到了水底，跟锅开了下饺子一样。

大哥艰难地从水里爬起来，抹了一把脸，好家伙，正是上次那个被踢裆的东北大哥。

那东北大哥彻底崩溃了："哎哟我去！怎么每次来你们家项目都不一样呢？跟我有世仇是不？瞄准了我脑瓜子来的是不？每次专盯我一个人干，能换个受害者不？每次洗个澡给我整得惊心动魄的！就这还让我办卡，只怕有命办没命花啊！"

雷大力赶紧道歉，道歉+免单+免费提供按摩+送大额优惠券一套组合流程下来，终于安抚了再次受伤的大哥。终于舒了口气的雷大力看到雷小米还在哈哈大笑，终于意识到问题的严重性，他是希望雷小米无忧无虑，不是要他无法无天。想到这里，雷大力下了狠心……

7

第七章

不知不觉卷起来了

晚上回到家，雷大力快速清空了家里的杂物间。他把一张小桌子推到墙边，四面白墙，俨然变成一间监狱的样子。看来面对惹是生非的孩子，家长们的归宿都是成为火嫂。

布置好杂物间，雷大力转头透过窗户，看见小米正举着一瓶茅台，爬到了阳台窗边，还把手伸到外面。

小米威胁的声音响起："雷大力，你要是让我坐牢，我就给你扔下去。"

雷大力很气愤："你还会挑酒哦！给老子放倒！"

雷大力跑到阳台上，上前抓住小米，连拉带拽地丢进了"学习监狱"里，雷小米使劲砸门。他从来没有被这样对待过，心里有些慌，边砸门边问："你要让我学几个钟嘛？"

"两个钟！"

"上一个钟，歇半个钟能不能谈？"

"谈个铲铲！"

"我多做三道题，你送我一个钟。"

"你真当自己是捏脚哩啊？！"

雷大力感到前所未有的愤怒，雷小米自然也听出了他的怒意，于是决定改变战术——在能屈能伸这点上，雷小米绝对青出于蓝而胜于蓝，只听他用软软的语气说道："我想屙尿。"

"忍倒！"雷大力第一次决定拿出家长权威，好歹得绷久一点。

雷小米换了一副真诚且焦急的语气，可怜巴巴地说："忍不住了。"

"忍不住在屋里屙！"雷大力丝毫不为所动。

里面没了声音，雷大力以为雷小米见耍花样没戏，人老实了。但下一秒，雷大力就看见一摊液体顺着门缝流了出来。雷大力惊呼一声，赶紧打开门，只见小米乐呵呵地端着水杯，里面只剩半杯水，还不停地扭着小屁股唱着："雷大力，大傻子，雷大力，大傻子……"

雷大力一把将小米拉出来，愤怒到了极点："我咋个生了你这个货色哦？是不是觉得我不敢打你？"

雷小米凑到雷大力眼前，笑嘻嘻地说："你舍不得。"

雷大力听后，瞬间失去理智，一巴掌打在小米的屁股上，小米一个趔趄摔倒在地。小米呆住了，他不敢相信老爸真的会打自己。

雷大力仍处在愤怒中，咆哮着："我本来不想逼你，但是别个娃儿都快学成爱因斯坦了,你连门都还没入?学区房靠不住,只能靠你各人!"他一边说一边愤怒地拿过卷子,"你看下,培训班模拟测试你考好多分你晓不晓得? 14分!14分是啥子概念?!老子当年全部选C也能搞个30分嘞!"

雷大力气得语无伦次,他把手里的模拟考卷子揉成一团丢给雷小米。

雷小米慢慢起身,把地上的卷子捡起来放在桌上,然后拿起茅台倒了一杯,摇摇晃晃地端过来。

雷小米想像以前一样哄一哄雷大力:"走一个,莫生气,我以后都选C!"

雷大力心累地瘫坐地上,感觉气数已尽……

在辅导熊孩子学习这件事上,真是没有一个家长能"幸免于难"。

夜深了,雷小米在雷大力的要求下,依然坐在"学习监狱"里,电脑上的英文课程正在发音:Grandmother(奶奶、外婆)。雷小米用尽全力模仿。

雷大力呆坐在客厅,听着小米读英语,像一声声怨念的骂人,他绝望地盯着天花板。这种绝望,让雷大力开始思考一些深刻的问题,比如这个世界上到底有没有外星人,外星人需不需要上学,他们的亲子关系会不会也因为孩子的学业问题受到挑战?此刻有没有一个外星人也像自己这样,绝望地坐在沙发上……

第二天,陪读到深夜的雷大力幽怨地坐在澡池边更衣室的门口,他光着身子,披着浴巾,直勾勾地盯着池子里光屁股的客人。火哥坐在他旁边,忍不住开口:"大哥,你望了一天客人的裸体了,再望下去,客人会不舒服了。"

雷大力点了根烟,幽幽地说:"你晓不晓得,世上所有的地方,只有在我们这儿,人人平等。穿上衣服,你是哪个?脱光衣服,你又是哪个?人与人的相处,就像那个淋浴的阀门,一边控制热度,一边控制凉度,充满博弈……"

火哥吓得咽了口口水,试探着问:"雷哥,你是疯了唛?"

烟雾在雷大力四周缭绕,竟然给雷大力烘托出了一丝难得的神秘气息,他依然慢悠悠地开口:"这个是哲学。搞洗浴这么多年,我有一个本事,就算他们光倒屁股,我也晓得他们是做啥子哩。"

雷大力盯着一个戴着眼镜正在泡澡的中年男人,仿佛是为了印证自己的话,他掐灭烟,朝那个男人走过去。

火哥盯着雷大力的背影,喃喃自语:"这是要发神经了?"

眼镜男正泡得满头是汗,一转头就发现雷大力坐在旁边,笑得别有深意地看着自己。

眼镜男不由自主地抱住了自己,用眼神问:你要干啥?

雷大力故作高深地说:"兄弟,泡得舒服吗?"

听着雷大力的声音,眼镜男稍微放松了一点,但还是不知道他这是要唱哪一出,于是反问道:"做啥子?"

雷大力接着问:"你哩娃儿是不是在读小学哟?"

眼镜男感觉莫名其妙:"你有啥子事唛?"

雷大力问出了核心问题:"你哩娃儿是不是很优秀?"他已经魔怔了。

眼镜男更加费解了:"你到底要搞哪样?"

"我想跟你……聊一下。"雷大力靠近眼镜男,他已经进入忘我的境界,丝毫没发现身上的浴巾在眼镜男的面前掉下了。眼镜男瞪大了眼睛从下往上看去,他已经开始害怕了,汗毛都一根根竖起来,心想,这怕是遇到变态了。这一刻,眼镜男的内心翻江倒海,他想了无数种自卫的办法,最终都转化成了一声尖厉的"啊——"。

火哥见状,飞快地跑过去拖着已经全裸的雷大力往浴池外走。雷大力还在挣扎:"我聊一下,就想聊一下,我想知道他哩娃……"

火哥打断他:"不,你不想,你什么都不想,你做个人吧!"

被拖到外面的雷大力终于清醒过来,当他意识到自己全裸的时候，也下意识地发出了同样尖厉的"啊——"，赶紧又奔回更衣室穿衣服……

在不远处玩耍的雷小米和箭箭互相对视一眼，箭箭说："你爸爸可能疯了，是你逼疯的。我妈说过，她要是死了，一定是被我气死的。"

雷小米望望箭箭，小小的年纪叹出长长的一口气。

箭箭虎头虎脑地问："是因为有了我们，他们才变得不开心的吗？"

雷小米耸耸肩："可能他们生我们的时候，也没有想那么多。要是他们想明白了，还能生下我们？"

箭箭懵懵懂懂地点头："你说得好有道理啊！"

沉寂了几天后，雷大力又精神了。一大早，他打电话约刘真真见面。他这个人一向喜欢剑走偏锋，另辟蹊径。虽然之前那几次他把另辟蹊径走成了死路一条，但是这场千军万马过独木桥的战争，他既然上了战场，死马也得当活马医。

雷大力带着刘真真径直来到省博物馆，然后直奔春秋战国展示厅，那儿摆放着各种珍藏古物，他们穿行其中，颇有一种穿越时空的感觉。

刘真真很是不解："到底怎么回事？大早上把我约来

这里。"

雷大力兴奋地说:"我把澡堂子的客人建了一个群,信息互通,打探到了一个内部消息,求知一小现在都不搞西洋乐,为了弘扬啥子华夏文明,搞了个古乐团,正在招娃儿,那是个好机会!小米学其他肯定来不及,我帮他选了一样乐器,冷门、有档次、有竞争力,最重要哩是,容易学!"

雷大力停下脚步,只见一座巨大的编钟赫然屹立在两人面前。

刘真真震惊了:"大哥,你太有想法了。但这玩意儿去哪儿挖啊?"

雷大力有些得意:"我已经查到了,网上都有卖,不贵!"

刘真真还是觉得行不通:"那谁来教呢?"

雷大力挑了挑眉:"跟我走!"他带着刘真真转战到一家养老院。

养老院里,一位看上去起码有80岁的老人坐在轮椅上,目光无神地望着面前的碗。雷大力和刘真真站在不远处有些绝望地看着他。

雷大力也有点泄气了:"问了一圈儿,他就是专门敲编钟打击乐的教授。"

刘真真有些难以置信:"这岁数还敲得了钟吗?感觉都可以给他送终了。"

老教授拿着筷子开始有节奏地敲碗，呼唤护工。

雷大力自我安慰道："听听这节奏，多有生命力。"雷大力走过去，客气地喊了声，"李老师。"

老教授慢慢抬头，把他认成了护工，缓缓地开口："银耳汤……加点糖。"

雷大力解释道："李老师，我是来请您教我儿子敲编钟的，您跟我去我家行吗？"

一听到"编钟"这两个字，老教授的眼睛瞬间亮了起来，也顾不上喝银耳汤了，立刻就要跟雷大力走。

雷大力在养老院里一顿忙乎，终于取得了老教授家属的同意，在工作人员的陪同下，将老教授接到家中授课。

夜晚，一座编钟已经屹立在雷大力家的客厅里。

老教授坐在编钟前，他换了一身新衣，此刻，他整个人容光焕发，眼泪都快要下来了。

老教授用超级慢的语速颤颤巍巍地说："我，很，感，动！没想到……现在……还有人记得……那门古老……而又高雅的……艺术。从今天起，雷小米，你，就是……我哩……关门弟子！你要担负起振兴……"

雷大力实在等不下去了，直接把小米推上前，顺便鼓舞他："看嘛，你哩担子好重哦！鞠一躬！叫师父！"

小米站在编钟前，呆呆地鞠了一躬："师父。"他还是蒙的，这又是整的哪一出呢？

老教授还沉浸在刚才的感动中："振兴华夏……编钟文明……的重担……"

雷大力拿着锤敲了一下编钟，然后快速递到老教授手里强行打断了他的感动。雷大力满脸堆笑地对老教授说："我们开始吧。"

雷小米虽然五音不全，一会儿不靠谱，一会儿不着调，但是编钟主打的就是一个冷门，雷小米在呆蒙中忘记了反抗。雷大力见小米没有跑路，一颗焦灼躁动的心才稍稍平静了一点。

但是幼升小不是艺考，光有才艺还不行，文化课也要达标。在刘真真的统筹和规划下，雷小米最后上了一个幼升小补习班。

出乎意料的是，雷小米没有逃跑，除了一副如丧考妣的表情，他没有别的想法。他已经没有妈妈了，自从老汉儿认识了"女魔头"刘真真，他就开始了水深火热的生活，这个家怕是快容不下他了，他想。

早上，雷大力送雷小米去上学。雷小米坐在后座上，一改从前摆烂的瘫坐姿势，板正地坐着。他怀里抱着小书包，一脸愁容地望着窗外。人在江湖，身不由己，谁让他现在还要靠雷大力养活呢。

父子俩走在培训班走廊上,雷小米没有跟爸爸道别,抱着书包默默往教室走去。

雷大力看着儿子走远,喊了一句:"小米。"

小米回头看着他,雷大力举起拳头示意加油,小米没有理会,转头便淹没在去上课的小孩大军之中……

雷大力也纳闷了,怎么会有这么多孩子呢?

今天是刘真真女儿的生日,刘真真特意请了雷大力和雷小米去家里吃饭。雷小米下课后,便被雷大力接到了刘真真家。

这是他们第一次走进刘真真家。家不算大,是一套紧凑的小两居室,在微黄的灯光下,整个家看起来还是挺整洁温馨的。

桌上摆了几个菜,还开了一瓶红酒,刘真真还在厨房忙活着。

雷大力、雷小米和妹妹围坐在桌前,似乎没有人想说话。小米也只是坐着,不动筷子。当一个吃货不爱吃东西了,说明他没有快乐了。

雷大力疑惑地问:"咋个不吃?"

雷小米有点恐惧地看了一眼厨房里的刘真真说道:"看

着她，有点饱。"

不多时，刘真真从厨房里端着蛋糕出来放到妹妹面前。"乖女儿，生日快乐！"她一边说着一边点上蜡烛，"许个愿吧，宝贝。"

妹妹看着蛋糕，坦率地许了愿："我希望能去爸爸那里住。"

整个场面又冷下来了，雷大力发现刘真真有点尴尬，他赶忙举起杯喊小米："小米，快给妹妹祝贺一下。"

雷小米碰了下妹妹的杯子："祝你心愿早日成真！"

不得不说，咱米哥也是个狠人。

气氛已经降至冰点，这顿饭，大家各怀心事地吃完了。

饭后，妹妹回了自己的房间开始学习，小米见状跟了进去。妹妹很快就进入了学习状态，雷小米在她旁边呆坐了一会儿，也拿起书来看。

没多久，餐桌前的雷大力已经喝得有点陶醉，心情也跟着好了起来，桌上已经一片狼藉，他又开了一瓶红酒。

刘真真找话题聊起来："小米最近拼了啊，这次考得不错，坚持下去肯定能行！"

雷大力有点得意："我就说我儿子脑袋灵光，随他妈。"

刘真真酌了一口红酒："小米妈妈做什么的？"

这可问到点子上了，这是雷大力的高光时刻。

雷大力的语气都跟着昂扬起来:"医生,上海医科大学毕业,是个学霸,她来我们这里实习,就这么遇到了。"

刘真真觉得很不可思议:"人家一位大医生怎么会看上你这小老板啊?"

雷大力来了兴致:"那时候我刚开洗浴中心,有一天几个人来闹事,那时候我年轻气盛,跟人动了手受了点伤,后来我去医院急诊,正好她值班,我就一眼相中了她。"

刘真真有点惊讶:"一眼就相中了?"

雷大力回忆着当时的情景,笑得很开心:"我记得当时她戴着口罩,只露出眼睛和额头。但光是看到眼睛,我一下子就被征服了。她眼睛真的太漂亮了,不仅大,还水亮亮的,我一下子就陷进去了。后来啊,就天天找她摆龙门阵①……她心事重,总是不高兴,我就把过去倒霉好笑哩事跟她讲,讲了两个多月,她终于肯多跟我说几句话了。后来……后来我们就在一起了……"

刘真真笑了:"那你过去也够倒霉的。"

雷大力有些无奈:"那时候我啥子也没有,只能逗她笑一笑……"

刘真真也有点惋惜:"她是因为什么去世的?"

雷大力的表情瞬间垮了下来:"癌症,小米那时候不到

---

① 摆龙门阵,在四川方言中意思是"讲故事、谈天"。

2岁，还不记事。"

小米就算在看书，也是心不在焉的，他真是身在曹营心在汉，生怕雷大力做错事。他时不时透过门缝警惕地盯着雷大力和刘真真，听他们聊得高兴，小米终于不放心地小声说道："你妈千万别看上我爸啊！"

妹妹低头看着书，眼睛都不抬一下："我妈谁都看不上。"

雷小米反驳道："她看得上你啊。"

妹妹冷冷地"哼"了一声。

雷小米有些好奇地问："你为什么从来都不笑啊？"

妹妹有些阴阳怪气地说："有什么值得开心的事吗？"

雷小米看到妹妹的书桌上摆着高高的一摞书，吃了一惊："你怎么学这么多东西？"

妹妹面无表情地说："我妈要求的。"

在雷小米心里，刘真真早就是"女魔头"了。虽然她说话没有箭箭妈凶，但是他觉得刘真真比箭箭妈吓人多了。

"你喜欢跳舞吗？"小米百无聊赖地问。

妹妹摇摇头："我只喜欢钢琴，可我妈说只会钢琴的话，考学没有竞争力。"

雷小米叹了口气："人生都是这么苦的唛？"

妹妹从旁边地上的一个行李箱里拿了本书，雷小米发现里面都是妹妹的衣服和书籍。

雷小米不解地问:"你怎么不把衣服放到柜子里?"

妹妹平静地说:"因为我妈答应我,等我考完试,就让我去爸爸那里住,我每天都在盼着快点考试,很快了……"

妹妹说完看着小米,她的脸上一直带着一种冷漠,一种不属于这个年纪的冷漠。

箱子里装的不仅是妹妹的行李,更是她的希望,就像长期生活在黑暗里的人仰赖的一束光。有希望在,才能熬得住黑暗。

这时候,客厅餐桌前的刘真真已经喝得眼神有些迷离,她试探性地问:"那……你没想过再找一个吗?"

雷大力有点不好意思地笑了笑:"我这个样子,哪个愿意跟?"

刘真真听了这话,心头跃过一丝欣喜,她先表达了自己对这件事的态度:"我倒是想过,要是真遇到一个合适的,也不是不能在一起。"

刘真真微眯着眼睛看着雷大力,气氛有点暧昧,雷大力有些不好意思。

为了缓解尴尬,雷大力举杯:"来,再喝一杯。"

刘真真突然冒出一句:"你跟我来一下。"

刘真真转身走进了自己的房间,雷大力嘴里的菜还没咽下去,有点摸不清这是什么套路,他想了想,鼓足勇气,起身跟上。

雷小米马上探出头来，吃惊地看着雷大力走进刘真真的卧室。

雷大力一进屋，就愣住了，只见满屋子堆着画板支架、围棋盘、大提琴、古筝……刘真真坐在床边的钢琴前，有点骄傲地说："都是我女儿的。"

雷大力看着墙上贴着的妹妹跳拉丁舞的照片，以及各种考级的证书。

刘真真知道雷大力觉得不可思议，便解释说："谁知道哪棵树会开花？只能多学一点。为了辅导她，我都学会了。"说着，刘真真在钢琴上弹了起来，雷大力坐在旁边听着。

雷小米听着屋里的钢琴声，更担心了："我爸和你妈都开始跳舞了！"

刘真真停止弹琴，看着雷大力，有点悲凉地说："我原来也是个学霸，心里装着事业和理想……"刘真真不知道是在感叹，还是在为自己找补。

雷大力没有吱声，静静地听着。

刘真真眼神里有那么一瞬间亮起了光，但又迅速黯淡下来："后来生了妹妹，就把工作辞了，全力辅导她。离婚那点抚养费根本不够养育她的，有时候紧张起来，信用卡都逾期还不上，现在你知道我为什么会把自己卖掉了吧？"

刘真真苦笑了一下，雷大力有点惊讶。

虽然辛苦，但刘真真丝毫不后悔："可我不觉得因为孩子牺牲了什么，相反我特满足，我投入这么多，只有一个原因……"

雷大力等待着刘真真的答案。

"因为妹妹优秀，所以更不能泄劲啊，想要给她更多的选择，我这个当妈的就没得选择了……优秀是要付出代价的。"刘真真越说越有一种悲壮感。

雷大力被感染了，甚至有点被同化了："说实话，我现在是有点理解那些妈妈了……"

刘真真很是无奈："我知道妹妹更喜欢她爸，没关系，我宁肯她现在怨我，也不要她将来怪我。等她长大，她会理解的，一定会……"

如果说父母关爱孩子是一种本能，那么会爱孩子则是一种技能。多少父母都在以"爱"和"为你好"的名义绑架孩子，这究竟是父母的悲哀，还是时代的悲哀？

可怜天下父母心，同是天涯沦落人。雷大力看着刘真真，多少是有点理解她的，刘真真也看着雷大力，脸上有特别坚定的表情。此刻，两个人之间已是较为暧昧的距离，灯光昏暗，刘真真有些迟疑："其实，有件事，我不知道该怎么张口……"

雷大力也是成功追求过学霸的，不是什么钢铁直男，气氛已经烘托到这儿了，他觉得自己知道刘真真的心思了，但他也没有想太多，就说："没事，你直说……"

"我……"

突然，卧室门被打开，妹妹抱着琴谱走进来，雷大力被吓了一跳，尴尬地站起来。

"我想练琴了。"妹妹平静且冷漠地说。

刘真真也不好再说什么。

从刘真真家出来，在那条陡坡上，雷大力有些愉悦地哼着歌，领着小米往坡下走着。

雷小米看着雷大力，略带讽刺地说："你好开心哟！"

雷大力不知道雷小米话里的深意，又或者知道了刻意避开。他说："你现在这么努力，我当然开心噻。"

雷小米转头，长长地拖出一个音："哦——"

雷大力开心地蹲下："来，背着你。"

雷小米跳到雷大力背上，问："你不怕刘真真唉？她打电话的时候像个'女魔头'。"

雷大力轻轻拍拍雷小米的屁股："人家只是工作认真负责。"

雷小米拍拍雷大力的头："雷大力，我们先说好，你们要是结婚，我不得喊她妈妈。"

雷大力忽然顿住，想了想，对小米说："不会的。"

不会什么呢？小米没有追问，他自以为是地回应道："我想你也不会。"

雷大力笑了笑，父子俩的背影往坡下走着，影子拉得很长……

自从上次给妹妹过生日后，雷大力与刘真真之间似乎有些东西发生了变化，但两个人都没有继续上次被打断的话题。雷大力开始隔三差五地出来跟刘真真开妈妈群的线下讨论会。

休息站里，几个妈妈围坐一圈，只有雷大力一个爸爸。几个妈妈从包里掏出笔记本、录音笔、手机摆在桌上，全部就绪。刘真真坐在正中间，雷大力坐在她旁边，非常默契。

刘真真用领导般的口吻说："这次考学小分队一共五人，我们的原则是互帮互助、资源共享，我来说一下这次行动的流程……"

这庄严、紧张的气氛，知道的是备战幼升小，不知道的还以为他们要有组织地为非作歹。这种特别行动，刘真真实战过多次，已经驾轻就熟。唯一不同的是，今年她女儿也要参战，刘真真更是一刻都不敢放松，更不敢掉以轻心。

实战的这一天，雷大力把车缓缓地停在求知小学对面的马路边上。雷大力把车窗打开一条缝，望向不远处的小学门口保安室。车上，刘真真和几个妈妈眼神对视一下，随后众人纷纷下车，有种电影里抢劫银行的即视感。

　　大家心里都熟练地背诵着刘真真传达的流程："首先是投考，需要先把简历送进学校保安室，简历一定要漂亮。"

　　雷大力和妈妈们越过斑马线往学校门口走去，迎面走来另外一拨刚送完简历的家长。两拨"团伙"在马路中间擦身而过，彼此打量，心照不宣，空气里仿佛有浓浓的火药味。

　　到了保安室，雷大力率先将一张 A4 纸大小的简历递给保安，随后见刘真真和众妈妈纷纷拿出书本一样厚厚的简历，雷大力看傻了眼，感觉不妙啊！仿佛自己是一条九年义务教育的漏网之鱼。

　　保安把一摞学生简历放进一个箱子，起身走到教学楼的走廊尽头，门打开，随后伸出一双手接过箱子，门又关上，接箱子的人并没有露脸，整个过程都颇为神秘。雷大力抬头一看，见门上挂着"招生办公室"的名牌。

　　交完简历，回家等通知。报名只是第一环，学习一刻都不敢放松，雷大力除了接送、观摩雷小米上学，就是跟刘真真交换报考情报，关于大人之间的事，两个人依然心照不宣。刘真真更是忙得不亦乐乎，只是看雷大力的眼神，大有看半个自家人的意思。

这一天,雷大力正蹲在培训教室外面观摩小米上英语课,手机微信的消息提示音响起,雷大力低头看了一眼手机。他转头看向另一侧家长休息区的刘真真,她也刚收到信息,两人远远地对视一眼。

随后,雷大力和刘真真从狭小的走廊越过一间间教室,来到一个楼梯间,与特别行动小组的另外三个妈妈会合,大家拿着文件夹互相传阅。

这是流程的第二步:报名成功,群内成员集合,定期分享搜集到的考试信息。

刘真真发话:"这两天考试时间就应该出来了。大家千万不要放松,一定要坚持到最后。孩子的前途,成败在此一举了。"

最后一步,便是耐心等待群里通知考试的时间。

一天天忙下来,雷大力感觉既疲惫又充实,焦灼的心也慢慢安定下来。

早上雷大力正在阳台上晒衣服,手机忽然响了,他拿出来看了一眼,考试时间终于来了。他转头透过窗户望向"学习监狱",看到小米正在学习的背影,雷大力顿时信心百倍。

求知小学特长考试那天，考场礼堂后台的走廊上热闹非凡，孩子们有抱着琴的，有背着剑的，有拿双节棍正在墙角狠抽的……还有正在做赛前动员的家长，整个场面好似武林大会。雷大力和小米则以一种恢宏的场面出场，只见他俩推着一架编钟穿行在人群中，开出一条几米宽的赛道，把其他家长和孩子都看呆了，雷大力脸上一副志在必得的表情。

在后台的角落里，雷大力调整着编钟，雷小米有些紧张，头上已经溢出汗珠。

雷大力安慰道："莫紧张，我们小米能秒杀他们！"

"我想屙尿。"雷小米是真的紧张，这是他人生中的第一场考试。总以为自己见过很多世面呢，在考试面前仍然只是一个紧张的小孩子。

雷大力习惯了雷小米耍花招，只道："等一下，最后再练一下！"

"棒棒不见了！"雷小米发现敲编钟的小锤不见了，紧张得声音都颤抖了。

雷大力火速从旁边饭盒上捡起一双一次性筷子，掰开丢给小米，说："我给你找，你拿倒这个先练习《春江花月夜》，背谱子，预备，敲嘞！"

雷小米忍着紧张的尿意，拿着筷子敲下去，编钟发出悠长的声音。但这声音不是雷小米制造的，而是从他们身后传出来的，熟悉的旋律在耳畔萦绕，父子俩都蒙了，对视一眼，慢慢走向舞台侧幕……

透过侧幕，只见一座高端大气上档次的编钟矗立在舞台上，一个女孩穿着一身汉服，头上戴着精致的假发髻，奏出一首《春江花月夜》，悠扬动听……

雷大力和雷小米都蒙了般地杵在原地，打破雷大力的头都想不到，这个小女孩，竟然是妹妹，刘真真的女儿。

雷小米还在想，那我一会儿还上不上啊？

这时，老教授坐着轮椅从身后出现，他喊："小米，从今天起，你，有师妹了！"

雷大力冲到老教授身边问："这是搞哪样？！"

他一回身，就看到刘真真站在那里，一脸为难。

雷大力望着她，没有说话，是在期待她给自己一个合理的解释吗？雷大力不知道自己还能对她期待什么。

只听刘真真满含歉意地解释道："妹妹钢琴考级发挥不好，我担心特长证书竞争力不够，所以私下让妹妹学了编钟。上次在家里就想跟你说，被妹妹打断了……"

好吧，不解释还好，一解释，雷大力除去愤怒，一种自作多情的讽刺感也涌了上来，他愤怒又难堪地注视着刘真真。

"别介意啊，两个孩子公平竞争嘛……"刘真真甚至厚着脸皮说出这种话来。

雷大力急了,他把小米推到刘真真面前:"这他妈怎么公平竞争嘛,小米只有这一个特长!"雷大力觉得不够,又转头对着老教授发火:"你这老头也真的是过分!小米不是你关门弟子唛?"

老教授有点委屈,他有他的立场:"弘扬文化是大事,怎么可以随便关门?多一个人学习,就多一分传承,多一分传承,就多一分希望,让我们的传统文化散发出璀璨的光芒……"

雷大力气得说不出话来,被夹在两人中间的雷小米满脸涨红,他的大脑一片空白,感觉自己有些异样,低头一看,原来是自己尿裤子了……

雷大力见状愣住了,刘真真也惊住了。雷小米转头望向远处的舞台,聚光灯下,妹妹正光芒四射地表演着编钟,而自己的裤脚,尿还在往下滴答滴答。

雷大力彻底绝望了……

8
第八章

世事不可强求

有人说，假如生活欺骗了你，不要悲伤，不要难过，因为明天它还会继续欺骗你。

雷大力没有悲伤，也没有难过，他像个被霜打了的茄子，蔫得摇摇欲坠。

他坐在洗浴中心的办公室里抽着烟，望着高亚君的照片默默地发着呆，桌上还摆着凌乱的习题集。烟灰已经燃到尽头，门外一阵突如其来的敲门声，把雷大力吓了一跳，手一抖，烟灰掉落下来。

雷大力上前开门，发现刘真真站在门口，还带着一脸的歉意。

雷大力不想再见到她，他转身走回办公桌，背对着她收拾桌上的习题集。

刘真真进了屋，打量了一下办公室的环境，然后尴尬地坐在办公桌前。

雷大力没好气地问："你来做啥子？"

"你要不要再上网查一下，是不是名字漏了？"

雷大力听后更气愤了："学校电话都打三回了！"

"他是不是太紧张，笔试也没发挥好？"

雷大力背着身问道："妹妹考上了？"

刘真真没有回答，等于默认了。

雷大力不咸不淡地说："考上就好。"

刘真真觉得有点无地自容，但还是想解释清楚："妹妹钢琴考级前手受伤了，考级没过，她崩溃地大哭。我实在有点慌了，就让她也学了编钟，其实直到考试前一天我都在犹豫到底要不要让她上台……这件事，我真的很对不起你。"刘真真满脸涨红。

雷大力有些落寞，也很无奈："为了孩子有更多选择，当妈的就没得选择了，你说过的。"

既然事情已经到这一步了，刘真真干脆敞开来把话说清楚："那天你和小米来家里吃饭，我很久都没有那么开心了……我说的那句话没骗你，如果有一个合适的，我也想再有一个家……其实我觉得你挺好的，真的挺好，但我知道我如果这么选择了，有些事就一定不可能了……没事儿，为了她，我自己不重要……"

雷大力看到刘真真眼眶红了，心里也是五味杂陈，只道："回头把离婚手续办一下吧，合作就算结束了……"

刘真真红着眼眶忍住不流泪，还强装着无所谓地说："好啊！"说完，她掏出一张银行卡，推到雷大力面前，"那10万，我没动。"

雷大力看着那张银行卡，它就摆在两人中间，仿佛在说：这件事，从哪里开始，就从哪里结束。雷大力发现自己绕了那么大的一个圈，最后还是待在原地没动。

办离婚手续那天，雷大力带着雷小米，刘真真带着妹妹，妹妹还固执地拎着她的行李箱。雷大力以为妹妹上学的事情尘埃落定了，刘真真可能想趁着还没开学，带妹妹去旅行。但他没有多问，事到如今，这不是他该问的事。

还是回家的路上小米告诉他，刘真真答应了妹妹，如果妹妹考上了求知小学，就能跟她爸爸一起生活，所以她时刻都在等爸爸来接她。

雷大力突然感到，无论妹妹考不考得上求知小学，或许刘真真心里都不会好受吧。

那个晚上，在刘真真家附近，一辆黑色的车停在马路边上，一个男人抱着一个娃娃站在车旁。随后，妹妹拎着行李箱喊着"爸爸"，并欢快地跑向那个男人，她接过娃娃，笑得无比灿烂。身后的刘真真杵在原地，孩子像逃一样地离开了她，一刻都没有回头，她好像很久很久没有见孩子那样笑过了。是她做错了什么吗？不不不，她没有。她宁愿妹妹现在怨她，也不想她将来过得不如意时再怨她，那时候她就无能为力了。终于，妹妹上车前，转头朝着不远处的刘真真挥了挥手，路灯下，刘真真强颜欢笑地也冲妹妹挥挥手。车开走了，刘真真有些落寞地站在那里。她回身走了两步，蹲下，身体缩成一团，微微有些抽动，似乎是哭了。

漫漫人生路，总会错几步。雷大力三战重点小学，屡战屡败。敢问路在何方？总之，不在脚下。

知道真相的火哥说出了他人生中最有文化的一句话："仗义每多屠狗辈，负心多是读书人。"

雷大力摆摆手："过去了，不说了。"

难得的，火哥凑够了零花钱，请了雷大力带雷小米去吃夜宵。

他们到了常去的那条老街，时间已经不早了，其他的饭馆都已经关门了，只剩一家大排档还剩寥寥的几个人。

雷大力和火哥、小米围坐在大排档门前的小桌边，雷大力喝着酒。雷小米忧心忡忡地看着爸爸，他现在挺难受的，如果自己能努力一点，上一个好学校，是不是老爸就没有烦恼了？

雷大力喝光了酒，摇摇晃晃地要再去拿，火哥起身拦着雷大力："可以了，差不多了，莫喝了……"

雷大力甩开他，一个没站稳，歪倒在地上，雷小米吓了一跳，赶忙过去搀扶。

雷大力瘫在地上，火哥也拽不起来，雷大力憋屈得要死，守着孩子只能从嗓子眼里骂："老子这是啥子命哦？哪条路都给我堵死了！一个二个哩，硬是要把老子往死里头弄唠！上个学咋这么难嘛？"

火哥不知道该如何安慰，只得说："莫气了，小米也算多了个特长噻。"

雷大力一听更来气了："没考上学校，敲钟有个锤子用啊。"

火哥使劲拽雷大力，一旁的小米忍不住哭了起来："对不起，我没考好……我太失败了，学没考上，蛋也没孵出来，小鸭子也被我弄死了……我命太苦了，小鸭子死得太惨了……"

雷大力看儿子这样，心有不忍："不怪你，你都倒霉成这个样子了，好事情马上就会来了，你信我，你相信我……"

这时，雷大力的手机响了，他拿起来接听，瞬间愣住，抬头看着火哥。

火哥说："你看你看，我话还没说完，到底是啥子好消息，说出来听听。"火哥悠闲地喝了口酒，决定慢慢等着雷大力的分享。

雷大力说:"小米外公死了。"火哥嘴里的酒直接呛在喉咙里,使劲咳嗽起来。

雷小米下意识地哭得更大声了:"啊,太惨了!"然后才突然反应过来,问,"你说啥子?还有谁死了?"

第二天,雷大力顶着没有宿醉胜似宿醉的头痛,带着雷小米坐最早班的飞机赶去参加小米外公的追思会。这是雷大力和雷小米第一次见到这么多人。接待人员忙着迎接各位来宾:"吴博士啊,你也赶回来啦!请,请,里面,里面。科学院的张院士也来了,你去打个招呼啦……"

雷大力牵着雷小米站在会场中间,默默地看着高天明的遗像,遗像旁边摆着一些荣誉奖杯,最显眼的位置放的是高亚君小时候的那张彩笔画。

雷大力有些唏嘘,想不到高天明走得这么突然,难道上一次高天明来找他时,已经生病了?他隐约记得当时高天明精神状态有点差,时有咳嗽,当时他一门心思想着小米上学的事,也没有多想。

身旁的小米对这种肃穆的场合多少有些不适应,转身跑向会场角落的茶水区。没有从小陪伴的情谊,小孩子便会更在乎食物,这是人的本能。

雷小米正在茶水区拿着甜点吃，一位身着黑衣、举止优雅的女士站到他面前。

小米抬起头，这是谁？

只见对方俯下身问："你是小米吧？"

小米疑惑："你怎么晓得我的名字？"

"我是你的小姨啊。"这位女士温柔地说。

这时，雷大力也看到他们了，他走到这位女士身后喊她："亚琳。"

高亚琳随即转过身："好久不见，上次见到他时他才2岁，转眼都长这么大了。"

他们一起走到遗像前面，雷大力和小米向高天明三鞠躬。

雷大力有些悲伤："爸走得也太突然了。"

高亚琳更加悲伤："其实一年前他的身体已经不太行了，为了陪他，我就给Lucas转了国内的分校NBS[①]。"说着，亚琳把头转向高天明的遗像旁："爸爸特地嘱咐过，等他走之后，那幅画要摆在他的遗像旁……"

雷大力也转头看着那张画。

高亚琳神情伤感地说："爸爸这辈子就是太骄傲了，其实姐姐也是，他俩脾气挺像的，都很倔。小时候姐姐对我很好，虽然出国后我跟她联系少了，但我挺想她的……"

---

① 学校名称系作者虚构。

高亚琳眼眶有点湿润，雷大力赶忙拿起纸巾递给她："以前她也经常说起你，说小时候她帮着你逃课。"

高亚琳破涕为笑："我小时候很淘，爸爸一直觉得姐姐才是他亲生的……"高亚琳看向台上一个英俊的外国男人，他正在指挥工作人员摆花。

高亚琳介绍道："那是我老公，Ricky。"

雷大力紧跟着附和："哦哦。"

高亚琳也不想过多地触及父亲去世的伤感，于是转向别的话题："Ricky的生意还在国外，只能辛苦点两头跑了。对了，你们这次来待几天？"

"今天忙完就回去了。"

"多待一天吧，两个孩子长这么大还没见过面呢。"

雷大力有些犹豫不决，他现在是又焦灼又无力，一筹莫展，毫无头绪。

高亚琳俯下身问小米："小米，想不想见见你的小哥哥？"

雷小米有些陌生，怯怯地点了点头。

追思会结束的第二天，高亚琳带着雷大力父子来到了儿子Lucas所在的小学。

英国城堡一样的教学楼，气派宽阔的绿地操场，一群穿着西装校服的孩子走在校园里。高亚琳带着雷大力和小米参观着校园，小米新奇地四处看，雷大力也被这座气派高端的学校震撼了。

高亚琳介绍道："NBS本部在国外，但国内分校也有很多年历史了。这所学校是全英文教学，Lucas已经在这里读一年级了，他今天有个演讲会，我们一起去听听吧。"

在一个颇具艺术气息的环形阶梯报告厅里，高亚琳的儿子Lucas穿着西装，梳着精致的分头，一张精致的混血脸庞，正站在台上用英语演讲。台下坐着十几位家长，与"鸡血"培训班里的家长不同的是，这里的妈妈们脸上似乎看不到焦虑和急躁，都是一副从容淡定的模样，她们的衣着也彰显出不错的家境。

只听Lucas用流利的英语讲述着："I watched a TED talk. The theme is about happiness and health, which is related to eight things in life: exercise, diet & nutrition, time in nature, contribution & service to others, relationships, recreation, relaxation & stress management, and religious & spiritual involvement. This eight things developed by Dr. Roger Walsh. He calls them Therapeutic Lifestyle Changes (TLC). He's a scientist that studies how to be happy and healthy…（我在TED上听过一个分享，主题是关于'快乐和健康'的，这跟在生活中实践的八件事有关系：运动、吃得

营养、接触自然、真诚付出、人际关系、娱乐、压力管理、心灵修炼。这八件事是由罗杰·沃什博士整理的，他把这叫作'治疗型生活模式变动'，他是一个研究如何变得快乐和健康的科学家……）"

雷大力和雷小米听得一愣一愣的，雷大力是"不明觉厉"，这不就是外国电影里小孩的样子吗？雷小米则是完全蒙的，他拽拽爸爸："他说的啥子？我完全听不懂。"

雷大力顾不上理会，用羡慕的眼神直勾勾地盯着台上的Lucas，已经入神了。

高亚琳见状，说出了爸爸高天明一直挂心的事："爸爸直到临终前，还在念叨着小米上学的事，他说你已经搞定了学校。"

雷大力盯着前方，有些失神地回应："去不了了。"

高亚琳很惊讶："怎么回事？"

雷大力叹了一口气。

高亚琳客气地安慰道："有需要帮忙的，你就说，毕竟都是一家人……"

雷大力望着前方，突然萌生出一个大胆的想法，他转过头看着高亚琳："小米可以来这里读书吗？"

高亚琳愣住了。

雷大力不管不顾地继续问："这个学校太厉害了，小米也可以变成那个样子吗？"

雷大力望着台上的 Lucas，高亚琳一时间不知道该怎么回答，小米也很意外。

雷大力动真格的了："其实这些话我不该讲，但我实在是没办法了，能想的招数都用尽了，真哩，你能帮帮我吗？"

高亚琳被雷大力突如其来的略带乞求的语气弄得有点不知所措，下意识地回答："我……我跟招生老师认识，倒是可以帮你试一下……"

雷大力兴奋地瞪大了眼睛："真哩啊？"在肃穆的会场上这拔高的声音显得极其突兀，引得许多人注目，高亚琳都被吓了一跳，甚至有点尴尬。

高亚琳被雷大力神经质般的样子给整蒙了，在她不多的印象中，雷大力是一个乐呵呵的人，之前爸爸想带小米回上海上学，雷大力那么抗拒，现在却因为她一个不确定的尝试，就如此激动，是什么令他改变了？

雷小米也蒙在那里，呆呆地看着雷大力。他 6 岁半的人生见过的全部世面，在今天达到了巅峰。到底还是他太年轻了，罩不住雷大力了。

回家的路上，雷小米忧心忡忡地问："雷大力，你不要我了唛？"

雷大力摸摸小米的头，说："咋个会？"雷大力抬头看看前方的天空,觉得自己就像一颗任人摆布的棋子。

人生这盘大棋,他始终抓不到自己的命运。

从上海回来,雷大力一改之前的萎靡不振,他精神焕发地在洗浴中心忙前忙后,亲自接待顾客,热情推销优惠卡,一副"我又可以了"的样子。洗浴中心上上下下气氛微妙,大家都觉得雷大力在发一种很新的疯。

在办公室,火哥终于一脸震惊地听完了雷大力的决定,他有点不敢相信:"真哩要去上海啊,还嫌不够累唉?"

雷大力兴奋地把一摞宣传图册在桌上展开,指给火哥看:"你看下这学校,太洋气了,这娃儿穿得一个个跟哈利·波特似的。他小姨认识人,答应帮我们,那肯定没得问题嚯!别个说了,这学校不拼分儿,主要是培养娃儿哩独立的人格和啥子表达能力哦。这小米合适噻,就他那个嘴你晓得,跟装了发动机一样,粘上两根羽毛他都能飞起来,你信不信?"

雷大力又转头对着旁边有些茫然的小米说:"小鲤鱼跳龙门,你这次必须得给老子跳过!去到了那边,海阔凭鱼跃,天高任鸟飞,你就展翅吧少年,以后你肯定跟那个 Lucas 一样厉害!比他还厉害!"

火哥愣愣地看着有点疯魔的雷大力,不禁说道:"我看你现在跟那些疯婆娘差不多！"

雷大力爆发了："都是娃儿，凭啥子小米就该没得一个好结果，凭啥子？！我不能对不住他妈，我就是憋倒一口气吐不出来！"

火哥知道雷大力对高亚君承诺的执念，但作为好兄弟，他必须让雷大力冷静："你这是吐出一口气唛？你是吐出一口血！那学费呢？还欠了一屁股债你忘了？"

雷大力把一份协议推到火哥面前："我就剩这个门脸儿还值点钱，我把店转让给陆总了。"

火哥惊了，一旁的雷小米也惊了，他感到事情越来越可怕了。

火哥忧心忡忡地看着雷大力，自从他被重点小学"绑架"后，就在疯癫的边缘不断试探，一次比一次霸蛮，却又一次比一次失望，这一次玩得太大了，只怕要万劫不复啊。

雷大力走到香台前，关二爷旁边摆了一尊文殊菩萨。

雷大力一边上香，一边跟火哥说出自己像是深思熟虑过的规划："店里头生意不好做，勉强撑也没得意义。我跟陆总谈好了，你和技师全转到他的新店里去，那儿待遇更好。等去了上海，我再把那套学区房卖了……"

火哥听出来了，雷大力这是要破釜沉舟了。

火哥急红了眼："一年学费十几万，你能撑过小学唛？

那初中欸？高中欸？大学欸？你卖血唛？"

雷小米小心翼翼地表达自己的想法："我不想去上海……"

雷大力把香插在文殊菩萨前，双手合十闭眼，坚决地说："这件事没得商量，必须去！"

谁都不说话了。曾经的生活就像一张巨大的网，而今就这样分崩离析了。

火哥看着雷大力，只说出了一句话："你已经走火入魔了……"

夜深了，雷小米坐在阳台上若有所思地看着远处最明亮的一颗星，那颗星星闪了闪光芒。

此刻，雷大力在屋子里翻箱倒柜地寻找着高天明生前留下的入学资料和学校宣传册，他心里憋着懊悔和紧张的情绪，要是找不到，还得麻烦高亚琳再寄一份，又要耽误几天时间啊。终于，在抽屉的最底层，高亚君的毕业证下面，他找到了那些资料。雷大力激动地向高亚君的遗像说了句"谢谢你"，就趴在桌前忙不迭地看起来，宣传册上印着城堡一样的国际小学，气派无比，仿佛在向他招手。

一杯牛奶放到了雷大力的桌边，雷大力侧过头，小米放下牛奶一声不吭地走开了。昔日相濡以沫的父子俩，此刻竟有种相忘于江湖的意味。

接到高亚琳的通知后，雷大力带着雷小米又风尘仆仆地赶到上海。

在气派的学校大门前，父子俩背着大包小包的行李站在门口，扒着栏杆往里看。

雷大力眼睛里泛着光芒，无限向往地问小米："巴不巴适？"

雷小米蔫蔫地看着校园，顺从地"嗯"了一声。

雷大力还沉浸在自己的情绪中："来这里读书，恐怕都要起个英文名哦？你也整一个噻！"

雷小米蔫蔫地问："整个啥子风格的？哈利·波特可以吗？"

雷大力还真的考虑了一下："哈利·波特？还不够霸气。"

雷小米刻意用四川话说："那就叫佩奇。"这句四川话，不知道是小米太抗拒了在故意捣乱，还是想强调自己的身份，并提醒雷大力不要忘了他俩从哪里来。总之，雷小米一万个不希望来上海读书，也不希望雷大力沉迷在上海这种令他毫无归属感的地方。

雷大力丝毫没有察觉小米的情绪，还在问："佩奇不是个猪唛？"

雷小米说："我觉得挺好的。"

雷大力说："好，那以后就叫你雷佩奇！"

第二天中午，高亚琳带着雷大力和小米往一栋别墅门口走去，一路嘱咐着："今天是我们几个家长的家庭聚会，我特地把 Allen 叫来了，他是负责招生的老师之一，当年 Lucas 上 NBS 就是他写的推荐信，他很有经验，一会儿你好好跟他介绍你的情况。"

雷大力一路点着头，走到别墅门口，他把手里一个大兜子举起，对高亚琳说："这是给你带的特产。"

高亚琳有点尴尬地接过来，客气地说："谢谢啊。"

Lucas 从门里跑出来，高亚琳拉他过来介绍道："这是小米，你的弟弟。"然后又对着小米说："今晚让哥哥带着你一起进行演唱表演好不好？"

小米也拿出了他的社交礼仪，礼貌地点点头说："好。"

高亚琳带着雷大力和雷小米走进别墅，这是一座精致的花园别墅，是 NBS 精英家长私下的家庭聚会场所。明明是夏季了，这里还是一幅春和景明的样子。雷大力几时见过这样的景致，他目瞪口呆地四处张望着，前面引路的高亚琳则轻车熟路地穿过花园，直奔与 Allen 约定的地点，并未留恋任何景色。这对她来说，早已司空见惯。

终于，他们在阳台的一角停下来，一个"老外"正等在那里。想必那就是 Allen。雷大力悄悄地打量他，Allen 看起来挺年轻，估计也就 30 多岁，戴着金丝眼镜，一副高级知识分子的样子。这是雷大力第一次跟外国人打交道，他紧张地在脑海中搜肠刮肚，回忆着初中学的英语：How are you? Fine, thank you, and you? I'm fine too. 还有 Nice to meet you. 应该差不多了。

高亚琳很得体地介绍雷大力与 Allen 认识，好在 Allen 先用中文跟雷大力打招呼："你好！"

雷大力终于不用跟他的 26 个字母较劲了，也客气地说："你好你好！"

大家见过面后坐下来，Allen 低头看小米的资料。雷大力坐在他的对面，有点紧张，像是时刻准备着接受审判。高亚琳坐在一旁陪同，微微笑着，波澜不惊。

Allen 随后抬头面向雷大力："你儿子的情况我了解了，您是做什么工作的？"

雷大力诚实地回答："有家洗浴足疗店，不过店也转出去了，现在……没做啥子事。"

一旁的高亚琳很是意外地看了一眼雷大力，随后，Allen 和高亚琳也对视了一眼。

Allen 继续问雷大力:"那您的学历是?"

雷大力有点不好意思地回答:"上了个职高就出来打工了,我们那个时候都是自学成才,算是……社会大学毕业的。"

Allen 挑了一下眉:"社会大学在哪个城市?"

雷大力笑起来,直接冒出了方言:"耶,老师还有点好耍哟。"

Allen 有点蒙,高亚琳很尴尬,小声对雷大力说:"说普通话。"

雷大力意识到自己的失态,赶忙正襟危坐地说:"哦哦,不好意思啊。我是说,老师很幽默。"

Allen 继续问:"孩子从小跟你一起生活?"

雷大力点点头:"他妈妈去世得早,他一直就是跟着我,都是我在教他。"

Allen 突然用英语问道:"Can you speak English?"?

雷大力蒙了。

高亚琳紧张地给雷大力小声解释:"老师问你会不会说英语呢。"

雷大力强装镇定地笑出一脸尴尬:"我知道我知道,English 嘛……"

……

最怕空气忽然安静。

用 English 说话，雷大力无话可说啊，只得老实承认："不会。"

Allen 起身跟雷大力握了握手，客气地说："行，了解了。先这样吧。"

雷大力震惊了："完了？这么快？"他转头看向高亚琳。

高亚琳不置可否，她已经感觉到这次面谈的结局了。她有点失策，也发现自己对雷大力完全不了解，如果小米不是姐姐的孩子，她绝对不会轻易地消费自己的人脉帮这样一个忙。

看着 Allen 离开，雷大力悻悻地说："刚才好像没有发挥好。"

高亚琳安慰雷大力："等 Allen 考虑完吧。"

雷大力继续在花园里散步参观，高亚琳应酬其他家长去了。

别墅门口的休息区被布置成了孩子们的游乐区，里面散布着各种编程机器人等高级玩具，Lucas 和几个孩子正陪着小米一起哼唱着学英文歌，旁边站着两个阿姨随时看护着他们。

小米虽然磕磕巴巴，竟然全都跟着唱了下来。

Lucas 惊讶地说："你还真聪明啊，这么快就跟下来了。"

小米开心极了，有点不好意思地笑笑。

177

Lucas 来了兴趣:"你也要考 NBS 吗?"

小米点点头:"我爸爸让我考的。"

Lucas 很开心:"等你考上了,有什么不懂的我可以教你啊。"

小米说:"谢谢。"

Lucas 觉得小米这个人挺有意思的,于是话也多了起来:"你叫什么?"

小米脱口而出:"Fire."。不是哈利·波特,也不是佩奇,看来小米真的认真思考过自己的英文名。

Lucas 惊讶地问:"What?"?

小米解释道:"我爸爸说我五行缺火。"

Lucas 更疑惑了:"五行是什么?"

小米对此很在行,熟练地解释:"金木水火土,金生水,水生木,木生火,火生土,土生金,相生相克!"这是他研究推拿按摩时顺带研究的,这是他真正感兴趣的地方,自然是信手拈来。

小米的一段贯口让几个小孩听呆了,Lucas 惊叹道:"Amazing!"!

小米此刻很是骄傲:"你不懂的我也可以教你啊。"

Lucas 呆呆地点点头。

别墅客厅里,高亚琳还在应酬,几个孩子嬉笑着在客厅里跑过,茶几上摆着红酒、轻食和西餐。

家长们喝着红酒和洋酒,有的坐在沙发上,有的直接拿个靠垫坐在地毯上,看起来很随意。高亚琳很自然地坐在中间,跟几个家长喝着酒聊着天,话题全是孩子。

没有人注意雷大力,雷大力插不上话,也没有想过要跟他们认识。他没有位子坐,就继续坐在阳台边的小凳子上,他四处打量着,转头看到饭桌上摆着几个妈妈的各种精致的包包,桌子下面放着那一袋子特产。

高亚琳问妈妈 A:"Alice,听说你儿子在考夏校,怎么样啊?"

妈妈 B 接话道:"是约翰·霍普金斯旗下的那个'天才少年中心'?那个超级好啊,有宝妈给我推荐过,让我去看看。"

那个叫 Alice 的妈妈感叹道:"好是好啊,但太难考了。数学成绩全球排名前 100,孩子过了 advanced(高级水平)线,可惜词汇差 3 分没过。"

高亚琳一脸惋惜:"太可惜了,明年继续呗……"

这时候爸爸 A 问高亚琳的老公:"Ricky,你家 Lucas 去哪儿?"

Ricky 早就为 Lucas 安排好了一切:"陪 Lucas 准备了

一年 TIP 训练营[①]，杜克大学的课程真是完备啊，特别是 Architecture Course（建筑学课程）和 Marine Lab（海洋实验室），其他天才营不能比……"Ricky 边说边转头看了眼雷大力。雷大力坐在角落，装着听懂了的样子点点头。

这时候爸爸 B 看到了角落里的雷大力，好奇地问："这位爸爸是……"

高亚琳赶忙起身解释："这是我姐夫，他的孩子想考咱们学校。"

爸爸 A 脸上立刻堆起模式化的笑容，热情地说："自家人啊，来，一起喝。孩子在 NBS 幼儿部吗？怎么没见过你啊。"

经他这么一说，一群人热情地招呼雷大力过来坐，并给他倒酒。

雷大力有些窘迫地开口："我们是外地的。"

妈妈 A 脱口而出："外地转校很难考进啊！"

听到这话，雷大力皱起了眉头，心里有点紧张。

妈妈 B 赶忙打圆场："不要小瞧外地人，之前外地转校的很多孩子很厉害的。"

雷大力的紧张稍微缓解了一些，他笑着说："我儿子还可以，还可以。"

爸爸 B 很会说场面话："亚琳这么聪明，外甥肯定不会

---

① Duke Talent Identification Program，杜克大学天才训练营。

差的。"

这话高亚琳很受用,她笑着说:"我外甥确实很可爱。"

爸爸 B 又顺势说:"来,喝一个,以后我们可以常聚了。"

雷大力开心地跟众人碰杯,明显已经放松了下来:"很高兴认识大家啊,我先干为敬。"

妈妈 B 对大家说:"你们听说了吗?有的国际学校希望多一些有中文相关背景的家长,说是为了增加学校的中文底蕴。"

一直没机会开口的妈妈 C 终于找到了共同话题,接话道:"我知道,有个家长竟然直接给孩子认了个中文系的老教授当爷爷,太搞笑了!"

妈妈 A 吐槽道:"唉,说是考孩子,更是考家长,简直要把你的家庭背景、职业出身、学历、英文水平调查个底儿掉,连身材都在考核范围内。"

雷大力坐在旁边,这些话让他震惊又担心,这么说来,刚才与 Allen 的面谈,其实是在面试他?雷大力心里随即"咯噔"一声,刚才他的表现会不会影响小米入学啊?

爸爸 A 似乎看出了雷大力的担忧,安慰道:"别害怕,孩子优秀最关键,不过等孩子考上就知道了,也难啊。"

雷大力有点慌了神,赶忙说:"以后你们要多帮帮我啊。"

爸爸 B 有点感同身受:"那肯定的,我们这些人都是一路磨炼考过来的。"

妈妈C见状，赶紧岔开话题往开心的事上引："哎哎，今晚孩子们在花园表演，我把周边几个邻居都叫来了，咱们继续喝起来啊。"

众人开心地回应，雷大力坐在人群中跟大家碰杯。他初来乍到，到底还是有些局促。

别墅草坪花园俨然是一个小型农场，草坪一侧架着烧烤炉，正中区域有个小舞台，挂着绚烂的小彩灯，如梦如幻，舞台下方散养的几头羊驼随意地走动着，吃着草。

傍晚过后，大家都出来进行另一场活动。

雷大力满脸涨红地坐在角落的一个秋千上，开心地望着远处的小米和小孩们玩在一起，看他融入得这么好，雷大力脸上的愁云又消散了些。一头羊驼走过来，他捡起几根草喂着它。

一场简单随意的聚会，让雷大力误以为自己的一只脚已经踏进了这个圈子，只要再努努力，等小米进了国际小学，他们就能完全融入这个圈子了。小米性格外向，还有他陪着，他会喜欢上海，喜欢NBS的，雷大力想。所有的事与愿违，都是有更好的安排。原来之前一直不成功，是有更好的学校在等着小米啊，真是好事多磨。

高亚琳见雷大力一直一个人坐着,就走过来问:"怎么一个人坐在这儿?"

雷大力笑了笑说:"喝得有点晕,过来安静会儿,小风吹一下,还挺舒服……"

高亚琳也笑了:"玩得还好吧?"

雷大力抑制不住地开心:"好得很,这些爸爸妈妈人真的很不错……"

高亚琳看着雷大力,脸上带着有点为难的表情,她犹豫着开口:"有件事……"

雷大力看向高亚琳:"啥子事?"

高亚琳微蹙着眉:"Allen 刚才私下跟我讲,NBS,小米考上的可能性不是很大。"

知道 NBS 难进,但这么轻易被否定,雷大力还是很震惊:"啊,为啥子?"

高亚琳也有点着急:"你怎么连工作都没了?你也没跟我说啊!"

是因为工作的事?雷大力赶紧找补:"我去别的店当个经理要得不?我,我马上就能去!"

高亚琳不知该如何表达:"哎呀,不是这么简单的事……"

雷大力抓住高亚琳,着急地说:"这个你得帮我啊,你不是已经答应了唛?"

高亚琳同样焦虑："小米是自家的孩子,我当然会帮。我帮你约了 Allen,入学的面试技巧我也可以教给小米,但是……按理说 Allen 不该说这话,但因为彼此认识,他才跟我说了实话,我也希望你能有个心理准备……"

雷大力绝望地愣在原地,刚刚所有美好的设想,在顷刻间碎了一地。他已经明白是怎么回事了,所以才会如此绝望。这一刻,他清楚地知道,他和其他家长的区别,不是他们看起来彬彬有礼而自己粗俗不堪,不是他们那么努力而自己从不知道张罗,不是他们生活条件优渥可以随意出入高档别墅而自己要卖店卖房才能凑够学费……而是那些家长从他们还是学生的时候就和自己不一样了。他们已经成为精英,他们的孩子从小享受的资源就不一样,在 20 年前,他们就已经站在自己可望而不可即的高度,随着时间的流逝,他们站的位置只会更高。也有可能,那些孩子的家庭背景从他们的祖父辈起,就不一样了。这从来都不是小米的问题,而是他的问题,这是他无法跨越的鸿沟。

雷大力很想哭,他费了好大的劲才稳住自己的情绪,然后缓缓开口："小米考不上,都是因为我吧?"

高亚琳的安慰苍白无力："你先别这么想……"

雷大力自暴自弃地说："没得学历,没得工作,不会英语,这是考孩子,更是考家长,是不是?"

雷大力什么都明白，高亚琳不知道该怎么回答了。

这时候远处的妈妈们发出一阵欢呼，她们招呼所有人过去，因为唱歌表演马上就要开始了，一个妈妈正在台上主持。众人聚拢在舞台前方，前面的人坐着，后面的人站着，雷大力和高亚琳站在人群的最外层，远远地看着舞台。

高亚琳看到雷大力这样，仿佛看到了小时候的自己，她沉默了一会儿才缓缓开口："其实我挺理解你的……姐姐从小就比我优秀，直到我在国外混了个文凭，嫁了个好老公，在我父亲看来，才算是搏回了一点人生价值。上学这事儿就跟在这舞台下看演出一样，想看得清楚，就得挤到前排。前排想看得更清楚，就得站起来，后排站着的，就得找更高的位置，你看那些爸爸妈妈，个个都是一层层往里挤，只要冲进去，就是个美丽的新世界，但是想冲进去，哪有那么容易。"

雷大力也抬头看着前方的家长。

高亚琳继续说着："爸爸的夙愿摆在这儿，还有跟姐姐的情感，我也很为难……我希望小米能好，但说实话，以你的条件和我以往的经验来看，小米确实很难考上这里……"

草坪中间的小舞台上，小朋友们正在集体合唱英文歌曲 *Que Sera, Sera*（《世事不可强求》），小米同 Lucas 还有精英孩子们在台上表演，Lucas 站在中间的位置上，小米站在最边上，也在努力跟着合唱：

When I was just a little boy[①]

(当我还是个小男孩)

I asked my mother

(我问妈妈)

What will I be

(将来我会变成什么样子)

Will I be handsome

(会帅气吗)

Will I be rich

(会富有吗)

Here's what she said to me

(她对我说)

Que sera, sera

(世事不可强求)

Whatever will be, will be

(顺其自然吧)

The future's not ours to see

(我们不能预见未来)

Que sera, sera

(世事不可强求)

---

① 为符合书中人物演唱需要,歌词有改动。

What will be, will be

（顺其自然吧）

　　这首英文歌仿佛是唱给雷大力听的——世事不可强求，就像在告诫他：要顺其自然，要遵从小米的意愿，万万不可强求。可偏偏雷大力听不懂英语，多么讽刺啊！

　　雷大力久久地看着小米，突然张口道："你看到了吗？"

　　高亚琳不解："看到什么？"

　　雷大力带着复杂的情绪道："小米，你看他的样子，多好，像是在发光……"

　　雷大力已经不知道该说什么了，他无从下手也无从辩驳，只能向他人证明小米是聪明的，小米是个好孩子，他不应该被埋没；也像是在告诉自己，如此好的小米，不应该被自己耽误。

　　绚烂的灯光下，舞台上的小米真的就像一个有着美好未来的孩子。

　　舞台的光线映照在雷大力的眼睛里，混着湿润的眼睛，也发出光芒。雷大力低下头，转身慢慢走到草坪旁边的酒台，把两杯酒混到一起，满满一大杯，一口喝下去。伴随着《世事不可强求》的结束，这次聚会也接近尾声了，同时也提醒着雷大力的梦该结束了。

雷大力带着雷小米走出别墅，街上下起了雨，路人匆忙地避着雨赶着路。雷大力给小米头上套上一个塑料袋，当成遮雨的帽子，两个人冲进大雨中，雷大力想拦一辆出租车，但没有一辆车停下来……

　　雨越下越大，父子俩顶着雨前行着，身影透着无依无靠的孤独感。

　　雷小米不知道老爸经历了什么，也没察觉到他异样的情绪，依然沉浸在自己刚才的快乐体验中，他兴奋地跟雷大力说："Lucas人很好，他说等我入学了会介绍好多新朋友给我认识。我以后也可以穿Lucas那种校服吗？还有，我可不可以带箭箭来我的新学校耍……"见识到了美好的孩子，怎么会不向往呢，先前还说着不想来上海，只是一场小小的聚会，只是体验了一把登台表演的微小成就感，他就已经沉浸其中了。小米滔滔不绝地说着，畅想着未来，雷大力不知该如何回应，他的内心越来越焦躁，在雨中的步伐也越来越紊乱。

　　终于，一辆出租车停在了雷大力的身边，可一个小伙子却挤开他，抢先钻进了出租车。雷大力彻底疯了，他直接追上去，挡在刚刚起步的出租车前，然后一把拉开车门，把那个小伙子拽出来丢到地上。小米被他突如其来的举动吓了一跳。

雷大力狂吼着，压抑了许久的情绪终于发泄出来："抢！抢你妈哩你抢！这是我哩车！我给你讲，这是我哩车！我今天必须要坐！哪个跟老子抢，老子弄死他。"

雷大力就像一头雨中的困兽，出租车司机见状，谁也没带直接开走了。雷大力转头望向小米，小米站在路边，已经全身湿透了，正缩成一团瑟瑟发抖，用惊恐的眼神看着自己。

满脸雨水的雷大力看着儿子，瞬间做了一个决定……

9
第九章

没有撤退可言

别墅区的街道上,雨势渐小,但还在下着,没有痛快地停止。昏暗的路灯下,雷大力拽着踉踉跄跄的儿子,义无反顾地往前走着。空无一人的街道上,他们就像两条无家可归的落水狗。

小米已经无法感知自己的双腿,他像一只飘浮在空中而又被紧紧拽住的气球。他抬起头望着雷大力,一遍又一遍地问:"你怎么了?你要干什么?"

雷大力的眼神已经处在疯狂状态,他不理会小米,只知道奔向前方。

来到一座别墅门前,雷大力"咚咚"地敲门。不一会儿,大门打开,有人伸出头,是高亚琳。她看着全身湿透的父子俩,瞬间愣住了。Lucas藏在高亚琳身后,有些恐惧地看着雷大力。

高亚琳反应过来,赶忙招呼:"你们怎么来了,快进来……"

雷大力站在原地没动,他抹去脸上的雨水,声音已经有些沙哑:"能不能,能不能帮我最后一次?最后哩考试我不再出现了,你替我带倒他去考试。"

高亚琳不可思议地看着雷大力,湿透的小米也震惊地望向爸爸。

雷大力卑微地说:"他真的很努力了,我,我不想耽误他……你也有儿子,你懂哩,我在这里谁也不认识,我要是还有一丁点办法,我不会来求你的……"

高亚琳为难地说:"可这是不可能的事啊……你想什么呢?"

雷大力低着头,像被人生彻底打败了一样,喃喃自语道:"刚才我就在想,如果当初死的是我,不是他妈妈,小米会不会比现在活得好一点,像你们一样……"

雷大力再次抬头时,眼眶已经全红了:"所以,看在他妈妈的面子上,帮帮我,帮帮娃儿……"雨中的雷大力,声音已经变成了哀求,他甚至想跪下来求高亚琳。而这份哀求里,还多了一丝对自己的恨。

"他外公说得对,都是我耽误了亚君,我求你,我求你,你把他带回家,带着他去考试,你告诉考官,就说他爸爸不在了,你才是他唯一的亲人……只要他能考上,我可以不出现,我保证,绝对不出现……"

父母之爱子,则为之计深远。父母可以为孩子卑微到何种程度?雷大力在刘真真身上看到的疑问,在自己身上找到了答案。

小米站在雨中哭了出来，死死拽着爸爸。雷大力偏执得已经有些神经质了，他把小米推向前方，坚决地说："小米，来来，你现在跪下，磕头叫小姨帮帮你，去啊，去啊……"

小米哭着，呆在原地，就像傻了一样，任凭雷大力怎么推就是不动。雷大力情绪激动，使劲一推小米，小米险些摔倒，高亚琳一把推开雷大力，把小米护在身边，雷大力一个趔趄，直接摔倒在台阶下面。

高亚琳也激动了，她不明白雷大力怎么会突然变成这样："雷大力，你是不是疯了？只是上个学，至于吗？"

至于吗？对高亚琳来说当然不至于，因为她已经拥有了，她的儿子已经在顶尖小学就读，将来只会更好。但对雷大力来说，他已经失败那么多次了，也已经退让那么多次了，这是他唯一的机会了。而且，别的孩子拥有的，他的小米为什么不能拥有？

小米甩开高亚琳，跑到雷大力身边紧紧抱着爸爸。小米怀里的雷大力，坐在地上，低着头，像一个彻底的失败者。恐惧、委屈、寒冷、心疼都交织在一起，小米不知道该说什么，他只是不停地在嘴里重复着："雷大力，抱抱，雷大力，抱抱……"

高亚琳后知后觉地有点愧疚，但她也无可奈何："对不起，我真的不是什么都能做到，为了让 Lucas 进这所学校，我也是混着圈子往上爬，维系着各种人脉关系，一刻都不敢停歇……所以，再是亲人，我也不能冒这个风险，我还有我的家庭，我儿子还在这个学校，我们……"

高亚琳说不出那么直接的话，雷大力无从辩驳，但也明白了她的担忧。高亚琳看似已经获得了一切，说到底也不过是她的圈子里众多被推着向前走的一员。她同样殚精竭虑，不，她更加不敢松懈，因为站得越高的人，越不能承受跌落的痛苦，尤其是已经把孩子推上去的父母，更加不能承受孩子跌落"神坛"的落差。从本质上说，高亚琳也不过是被时代裹挟着向前走的一粒沙。从某些角度来看，她与雷大力并没有什么不同。

雨慢慢停了，台阶上的两人，面对着台阶下的两人，两个家庭，就像两个世界，是天壤之别。

最后的路也被堵死了，雷大力已经无话可说，踉跄着起身，牵着小米转身离开了。

身后的高亚琳，望着他们离去的背影，没有再说一个字。她心中有愧疚，但也无可奈何，在愧疚与孩子的未来之间，她只能毫不犹豫地选择孩子的未来，就像曾经的无数次抉择一样，最终都要舍弃其他，为孩子的未来让路。她想要挽留雷大力父子，最起码也要让他们换一身干净的衣服再走，但最终,她没有开口,她知道雷大力想要的不是一身干净的衣服。

雷大力带着雷小米一刻都没有停歇地离开了上海,连夜回到了老家。

洗浴中心的员工已经解散了,店里也清理得差不多了,只等雷大力回来了。

火哥见到这对狼狈的父子时,很是震惊:"你们这是做啥子,只是去个学校,怎么还搞成这个样子?去的时候还兴高采烈的,难道那个学校还'吃人'唛?你们这是大逃亡逃出来的唛?"

雷大力喃喃自语:"对啊,逃亡。"

火哥被他的样子吓到了,一时间不知道该说啥。

被雨淋湿后又疯狂赶路,再加上一路的惊吓,不出意外地,雷小米发起了烧。火哥见状,立马打电话把火嫂喊过来照顾小米。火急火燎地赶过来帮忙的火嫂,看到昔日生龙活虎的雷小米被折腾成这样,也对雷大力颇有微词,一边照顾着小米,顺便把昔日雷大力怎么说她的,都还给了他。

雷大力不说话,坐在小凳子上呆愣地看着案几上的文殊菩萨。

昏暗的灯光照射着文殊菩萨，菩萨前的香已经燃到了尽头，香灰突然断掉了。掉落的香灰让雷大力回过神来，他点了一根烟，抬起头，绝望地望着菩萨，许久后才缓缓开口道："上海的学校上不成了。"

　　火哥火嫂没有再追问，因为看他们的样子就知道经历了什么狂风骤雨。火哥的火气在心中累积到了顶点，但他知道雷大力此刻比自己难受多了，怕自己绷不住，火哥便跑出去干活，整理起店里遗落的零零碎碎。

　　小米昏沉地躺在沙发上睡着了，火嫂把小米额头上被烘热的毛巾拿开，他额头和脖子上都是被火嫂揪出的红印子，火嫂摸了下小米的额头，终于松了一口气："烧已经退了。"

　　不多时，火哥推门进屋，抱着两个箱子放在角落里。憋着情绪，火哥满脸涨红，他强压着怒火说："店里清空了。"

　　雷大力没说话，火哥十分低落地坐到他身后。三人无言，火嫂看着小米，也想到了自己家有了箭箭后的种种，许是触到了自己的心酸，火嫂止不住地叹息："刚结婚那时候，看见别个哩娃娃儿就想使劲亲两口，逛个商场，看到童装就想买，喜欢得不得了……哪晓得养个娃娃儿这么难嘛，早晓得就不生了……"

　　火哥终于忍受不了了："已经生了，怎么办，塞回去唛？养娃儿不难，难的是跟你这种歪婆娘一起养！"

火嫂没想到火哥突然冲自己发火，有些惊讶地说："你吃火药了唛？"

火哥彻底爆发了："老子真有火药先喷死你们这帮神经病！为了个学校……店不要了，家不要了，现在连孩子都不要了，好端端的日子过得鸡飞狗跳，到底图个啥子？！雷大力，你以为对小米好，可你问没问过小米需不需要？你怕对不起他妈，可小米妈妈要是看到你现在这个样子，她又会咋个想？她会开心唛？重点，重点，非要读啥子重点，我当年的学校就不是重点，还是出了一个副市长嚒！"

火哥的火气还没彻底发泄完，他又对着火嫂大吼："你给我听倒，老子不想掉头发，老子不想这么累，老子不跟你们玩了！你要是再逼箭箭，我就把头盔扣在你脑壳上！"

火嫂已经被火哥突如其来的"男子气概"震慑得哑口无言了。

雷大力终于起身，从柜子里抽出一把刀，火哥被吓了一跳："你要做啥子？跟你说两句实话你就要砍我唛？"

雷大力又抽出一块红布，用刀裁成两半，把文殊菩萨和关二爷抱下来，放在红布中间，心如死灰地开口："不拜了，这姐弟俩早就罢工了。"

火哥和火嫂看着雷大力慢慢把菩萨包上再放回去，像是一个赌徒金盆洗手，又像是沙漠中的行者倒掉了最后一杯水。

做完了这些,雷大力对着火哥夫妇缓缓开口:"回家吧。"

火哥看着雷大力,不知道还能说些什么,只得和火嫂离开了。

雷大力慢慢地走在洗浴中心里,每一层、每个房间都查看了一下,空荡荡的澡池、空荡荡的搓澡床、空荡荡的走廊……他不知道自己在查看什么,他甚至不知道自己该做什么,他的心也像这空荡的洗浴中心一样,寂寥冷清。

这里承载了他太多的回忆,和高亚君那珍贵的几年,都是在这里度过的。那时候他开洗浴中心没多久,万事开头难。那的确是他最难的时候,但也是他最快乐的时候,他觉得自己就要在这座城市站稳脚跟了,又遇到了令他一见倾心的高亚君。虽然洗浴中心和医院两头跑,累是累了点,但那时候他看到的都是希望。

后来,高亚君不嫌弃他条件不好,愿意跟他相处,医院的工作那么忙,她还会抽空过来帮他照看洗浴中心的生意。雷大力甚至觉得,自己以前的所有不幸都得到了补偿,而且还是超额补偿,上天终于开始眷顾自己了。那段时间他以为,自己会一直这么幸福下去,以至于做梦都会笑醒。

再后来,日子真的越来越好。高亚君和自己排除万难终于结了婚,洗浴中心的生意也越来越火爆。他给了高亚君一场像样的婚礼,许诺以后要带着她去周游世界,陪着她去做她想做的一切，高亚君脸上的笑容也渐渐多了起来。再后来，他们有了小米。知道老婆怀孕的时候，雷大力觉得自己是世界上最幸福的人。一见钟情的姑娘跟自己在一起了，还有了娃娃，洗浴中心的生意越来越好，生活质量也越来越好，幸福不过如此了。

也许是太幸福了，让他对生活中潜伏的危险掉以轻心了。在知道高亚君怀孕后，高天明赶了过来，他长篇大论地发表着自己的想法，自作主张地为还未出生的小米安排着以后的一切。诸如孩子要从小培养哪些习惯，2岁开始就要做什么，3岁就要去哪所学校，以后要上怎样的大学，要学什么专业，等等。甚至为了力证自己的观点，还说出了"孩子以后可千万不能像他爸爸这样只有职高文凭，只能在小城市里开个洗浴中心这样没出息。更不能像他妈妈这样不听话，随便嫁给一个没出息的人，浪费了自己的才华和人生……"诸如此类颇具人身攻击的话。

雷大力早就习惯了别人的非议和鄙夷，他早就练就了强大的内心，所以对此并不予以反驳。但对高亚君来说，这无疑又唤醒了她小时候的痛苦回忆，让她再次想起那个被压抑、被控制、个人兴趣从不被允许，只有听话做事的痛苦童年。一向温和的高亚君彻底爆发了："你凭什么来安排我孩子的人生，控制我也就算了，连我的孩子也不放过吗?！你给我听清楚，他是一个生命，不是可以任你摆布的木偶！他的人生只有一次，你说得对，我的孩子绝对不能像我，不能像我一样被别人操控半生！我也绝对不会像你一样，把孩子变成工具！"她愤怒地把高天明赶出了洗浴中心，甚至情绪激动地说以后不再与他往来。

高天明虽然走了，但高亚君并没有好起来，她的情绪越来越差，直到小米还不到2岁时去世。临走前，她嘱咐雷大力要好好照顾孩子。所以他拼命想要小米上一所好学校，有好的未来，有更多选择，千万不能像他这样……

现在，他连这一点承诺都没有做到。

雷大力在空荡的洗浴中心来回转了几圈，往事在他的脑海里不断翻涌，他仔细地打量着洗浴中心的每一处，这里承载了太多记忆，有他最幸福的时光，是他与儿子生活多年的地方。洗浴中心与其说是他谋生的场所，不如说是他情感的寄托，就像是陪伴他多年、见证他一路走来的老朋友。

雷大力悠悠地走到门外，霓虹招牌灭了灯，那个透明胶带贴的"足"字，又掉落了下来，有着前所未有的凄凉感。

雷大力站在门口，直接把那个"足"字拽了下来。一切都结束了。

就在这时，身后传来一句温柔的女声："还营业吗？"

雷大力转头，在看到身后的人时，他愣住了，是许久未见的刘真真。

　　刘真真看上去苍老了很多,脸红红的应该是喝了酒。她扶着腰对着雷大力苦笑一下:"腰疼好几天了,能帮我找个技师捏捏吗?"

　　雷大力把刘真真请进店里,刘真真被眼前空荡荡的景象吓到了,以为雷大力遭遇了什么重大变故。但转念一想,雷大力这个人还挺踏实可靠的,应该不至于玩砸,说不定是要带着小米去更好的地方呢。这样一想,刘真真的心里更加空落了,她开玩笑地试探着问:"雷老板这是飞黄腾达了,要去更好的地方了吗?"

　　雷大力自嘲地笑了笑,简单地讲述了事情的经过。

　　刘真真不知道该怎么继续这个话题,这件事归根结底是她的错,于是继续开玩笑:"那还招待我这个突然登门的顾客吗?"

　　雷大力笑了:"必须招待,而且还是贵宾级待遇,由老板亲自服务!"

　　刘真真趴在按摩床上,雷大力帮她按摩着腰,果然是老板亲自服务。醉酒的刘真真没心没肺地还跟他开玩笑:"你这手法很一般啊,怪不得生意不好!"

　　雷大力没回应。

　　刘真真没听到回应,以为雷大力生气了,心里有些慌:

"开玩笑的,生气了?"

雷大力没有继续这个话题,而是随口问道:"妹妹呢?"问完又有点后悔。

只听刘真真有些黯然神伤地说:"妹妹走了,去她爸爸那里了。"

雷大力"嗯"了一声,继续按着。

像是突然找到了情绪的出口,刘真真无所顾忌地说:"前两天她给我打了一个电话,特别特别冷静地跟我说,妈妈,以后我想一直住在爸爸这里了……"

雷大力按摩的手越来越慢。

刘真真哭了:"我特别无所谓地答应了,我说,没问题,只要你开心,妈同意……然后我回到家,发现除了一屋子乐器、奖状,我什么都没有了……我突然不知道自己要干啥,就在那儿坐了一个晚上……哈哈哈,你说我是不是很傻?"

雷大力停下手,终于不按了。

刘真真起身,抹了一下满脸的眼泪,笑容渐渐收起。

"这么多年,我没有朋友,没有自己的生活,时间全给她了,我只想做一个称职的妈妈,可现在看,我这个当妈的,太搞笑了……"

刘真真把自己说笑了,笑着笑着声音停下,她抽泣了一下,抬头望着窗外,眼睛里空无一物。

好像在雷大力面前,刘真真可以放下一切逞强和伪装:"其实我挺想她的……"

雷大力不知道该说什么,只能安慰道:"妹妹长大了,会理解你的。"

会吗?刘真真没有从前那么坚信了,她有点沮丧地低下了头。之前,她总是用这种话安慰自己,觉得只要妹妹长大了,就会懂自己。她不知道自己为什么会有这样的执念,与其说是自我安慰,倒更像是一种精神寄托,不然她所有的信念、行动和坚持,都会崩塌。

刘真真给了女儿她所有的爱,但这所有的爱里唯独少了一句询问,她从未询问过女儿是否愿意,也从没想过女儿到底想要什么。孩子是独立的个体,不是提线木偶,物极必反,所以到头来,女儿只想逃离这令她窒息的环境。

雷大力伸手递给刘真真一个东西,刘真真低头,是那张银行卡。

雷大力似乎是想给刘真真一个安慰,又或者,是一个生活的保障,他故作轻松地开口:"这10万,我也没动。"可明明雷大力自己正急需用钱。

刘真真有些触动,但仍然坚持:"你的钱,我不要。"

雷大力调侃道:"你不要,我也不要,有点难办哦……要不然,就当咱俩的钱吧,我从中间剪开,一人一半。"

看着雷大力的样子，刘真真被逗笑了。小小的按摩房里，两人坐在那儿，是真正的同"命"相怜了。

生活是一个七日接着又一个七日。

开学了！

这日子，对上不上重点小学的孩子来说，没有什么区别。

大街上车水马龙，有的妈妈带着孩子站在公交站台等待回家的那班公交车，孩子背着书包歪身靠在妈妈身上快要睡着了。有的妈妈正背着书包，领着孩子走在马路上……

火哥骑着电瓶车载着火嫂停在路口，他目光有些迷茫，火嫂趴在他的背上，已经睡着了。红灯换绿灯，火哥骑着电瓶车驶向家的方向。回到家后，火嫂一个人坐在梳妆台前，她思考良久，撕下了满墙的学区房资料。箭箭见状走到她身后，把头靠在了妈妈的肩膀上，火嫂的眼泪瞬间便止不住了，肆意地往下流。

刘真真望着来来往往接孩子回家的父母，她一个人站在十字街头，等待着红灯。这一次，她是真的一个人了。回到家后的刘真真坐在了钢琴边，她有些木然，这空荡荡的房间里，陪伴她的只有各种乐器和她头顶上方一整面墙的证书、奖状。

这是洗浴中心最后一天营业。

雷大力办完事回来时,从麦当劳点了一份儿童餐准备带回家给小米。他从麦当劳出来后点了一根烟,身后,一个孩子坐在麦当劳的窗边写着作业,妈妈一脸疲惫地认真辅导着。雷大力站在门口的夜色中,默默地抽着烟,街道上车流不息。此刻,雷大力是迷茫的,他不知道何去何从,也不知道他的小米该何去何从。

雷大力机械地回了洗浴中心,他一边喊着小米,一边走进了浴池。只见蒸汽腾腾之中,小米正泡在浴池里面。

小米转头看向雷大力,解释道:"这么多水,放了可惜了,再洗一下。"

雷大力举起手里的快餐示意小米吃饭,小米把头转过去,沮丧地说:"不饿。"

雷大力看着儿子,感觉到了他的不开心,于是哄他:"小米师傅,你好久没给我拔罐了。"

小米一听,来了兴趣,决定"重操旧业"。父子俩默契地配合着,雷大力趴在浴池岸边,小米拿着真空拔罐器在老爸背上拔罐。

雷大力没有吱声,犹豫了许久,还是说出了自己一直想说的话:"儿子,对不起哈,没能把你送进好学校,是老汉儿没得本事⋯⋯"雷大力到现在都在怪自己,他始终觉得是自己的问题,在他心里,孩子已经做得很好了,剩下的,都是自己该做的了。

小米没有回应,还在拔罐,拔着拔着,眼泪"吧嗒吧嗒"地掉落在雷大力的背上,雷大力感觉到了什么,想转身,被小米按住了:"别动,别回头。"谁说小孩子没烦恼没心没肺,其实他们是很懂得察言观色的。小米是雷大力亲生的,性格像极了他,总是不喜欢让亲近的人看到自己的脆弱和不开心,怕对方担心。

雷大力感觉到儿子哭了,但他没法回头看,他趴在那里,心里很不是滋味。

小米把眼泪一抹,继续拔罐。拔罐在此刻成了一件无比神圣的事,既让雷大力缓解疲劳,又能遮掩小米的情绪。

雷大力不想让小米憋着,他不希望孩子这么小就承受这么多:"我晓得你有话想说,不用憋倒起。"

小米的眼泪掉得更凶了,他使劲拿小手抹着脸,终于开口:"我不想看到你求人的样子。"

这句话让趴着的雷大力瞬间红了眼眶。

雷大力也不想让小米看到那样的自己啊,但他实在是太害怕了。雷大力有些无力地解释着:"那晚我把你推走,我是真哩怕了,怕答应你妈妈哩我做不到……"

小米对妈妈所有的印象,都来自雷大力的只言片语。在他很小的时候,妈妈就离开了。他的记忆里没有和妈妈在一起的画面,他的理解里没有关于妈妈的任何概念。他的生活里,妈妈从不是立体丰富的一个人,而是被禁锢在相框里的一张相片。

小米开始询问关于妈妈的情况:"妈妈很美是不是?"

雷大力一回想起高亚君,脸上就会不自主地浮现出笑容,他果断地回答:"嗯。"

小米继续问:"妈妈学习很厉害吗?"

提到这个,雷大力自然是骄傲的:"是的。"

可小米对这些始终是困惑的:"你总说我要像她……可我对妈妈一点印象也没有,她只是一张照片。"

雷大力起身,他眼眶红红地看着小米。

小米低着头,所有的情绪再也压抑不住:"我只有你。"

雷大力眼眶里全是泪,他又何尝不是呢?他也只有小米啊。他们可是患难与共的"兄弟"啊,怎么就走到了这一步呢?

小米用哀求的语气说:"别送我走,好吗?"他看着雷大力,已经成了一个小泪人。雷大力早就想过,如果有一天有人伤害了小米,他是会去拼命的。可是……可是……他从来没有想过,这个人还可能是自己。

见雷大力不说话,小米还在自责地哀求着:"我晓得我不够好，什么也不会……"

一个字一个字，像一根根针扎在雷大力心上，不等小米说完，雷大力赶忙说："什么也不会的是我。"

小米生怕雷大力再说下去，害怕雷大力因为各种原因送自己走，于是赶忙说："不管你什么样，你都是我爸爸。"

雷大力笑了，调侃道："你还知道叫我爸爸啊，你不都是叫雷大力吗？"

小米破涕为笑，雷大力轻轻捶了小米肩头一拳，小米也捶了雷大力一拳，雷大力笑得更开心了。

"这是咱们在这儿的最后一晚了，我再给你搓个澡吧。"

澡池镜子前，雷大力坐在小凳上，给小米搓着后背，边搓边感叹："小米师傅，你咋回事，你背着我去泥塘了唛？身上好多泥巴哟。"

小米看着镜子里的自己，意有所指地说："我不是小鲤鱼，就是个土泥鳅吧？"

雷大力笑了笑没说话。

小米出人意料地说："可土泥鳅努个力，说不定也能跳过龙门呢。"

雷大力愣住了，看着镜子中的小米。

小米转头望着雷大力说："真正的考试，咱俩还没考呢，不能认输！面试该说的，小姨都教我了，我全都背下来了！"

不知道是出于愧疚还是出于对姐姐的感情，虽然 Allen 对雷大力父子不抱希望，但高亚琳还是为雷小米争取到了面试的机会，甚至帮雷小米写好了面试演讲稿，并嘱咐了注意事项。但雷大力已经对此不抱希望，所以从没跟儿子讨论过到时候该怎么办。

雷大力有点难以置信地看着儿子，小米一脸坚定地说："你陪我去考试吧！你要是不在，我心头是虚的。好不好？"不管去哪里、做什么，小米的一切底气和信心，都来自雷大力的存在。

雷大力看着儿子，有点不知如何回应。

门外突然传来声音："乌漆麻黑的，这是关门不干了啊？"

两人回过头，只见那个东北大哥豪放地走进澡堂子。大哥看见屋里空无一物，只有雷大力父子俩时，也愣住了。父子俩齐刷刷地瞪大眼睛望着他，在昏暗的灯光下，两人整齐划一的动作、表情，看得大哥心里发毛，他走南闯北这么多年，一向是很有敬畏心的，直觉告诉他，这个场面，这对父子现在不好惹。他声音微微颤抖地说："那个……你们忙，我改天再来，改天，改天。"说完，转身便要开溜。

雷大力和雷小米对视一眼，互相一挑眉，赶紧追了上去。送上门的客人，哪有让他跑了的道理。

伴随着一声斗志昂扬又稚嫩清脆的"贵宾里边请"，浴池里，灯光打开；走廊里，灯光打开；店门外的霓虹招牌，灯光也打开……浴池墙壁上的小天使，重新焕发了生机。东北大哥在雷大力父子的热情招待下，感受到了"包场"的极致体验，甚至还萌生了要常来的想法……

闲聊中，听到小米过几天要去国际小学面试，东北大哥自告奋勇要为小米把关，让小米先在他面前练练。小米也不见外，就站在浴池边用英语介绍起自己来：

"My name is Lei Xiaomi…"

东北大哥泡在池子里，时不时地点头、赞叹："你这儿子行啊，是个人物啊！表现力得再强点啊！"也不知道他听懂了没有。

雷大力坐在池边看着小米努力的样子，内心五味杂陈。

10
第十章

爸爸，我们去哪儿

几天后,便是小米面试的日子。父子俩这次没有大包小包地带着行李过来,而是轻装上阵,将自己收拾得干净利落。

天气甚好,国际小学在明媚的阳光下,显得更加气派。

家长们领着孩子们络绎不绝地走进教学楼考场。高亚琳带着雷大力和小米穿梭在校园中,一路上不停地叮嘱着注意事项,甚至连外国校长这位主考官的喜好都如实相告,只希望小米不出任何差池,顺利通过这场面试。

进入考场之前,高亚琳给父子俩做最后的精神鼓舞:"放心吧,只要小米正常发挥,问题不大,加油!"

"加油!"小米开心地附和着。雷大力在一旁,心事重重的,没有应答。

前面的孩子面试完了,外国校长和考官拿起笔在纸上记录着。记录完抬头,小米已经坐在了椅子上,一副信心满满的样子,那些要考的内容像穴位图一样印在脑子里,对他来说简直是小菜一碟。雷大力等在教室外面,透过窗口看着,反而有些紧张。

外国校长用英语提问:"你可以用英语介绍一下自己吗?"

小米从容地用英语做自我介绍:"My name is Lei Xiaomi, and I'm six years old. Nice to meet you. I really like this school. It looks beautiful. I am an outgoing boy. I love learning and reading. I like nature and little ducks.(我叫雷小米,今年6岁了,很高兴能认识几位老师。我很喜欢这所学校,这里非常漂亮。我是一个非常开朗的孩子,爱学习、爱读书,喜欢大自然,还喜欢小鸭子。)"

小米的英语自我介绍说得很流利,也很自信,校长和考官露出了满意的表情。

考场走廊的等待区,雷大力透过窗口有些担忧地看着小米的身影,他知道,这场面试没有那么简单。

外国校长开始用中文提问:"小米有什么擅长且喜欢的事情吗?"

小米刚要开口,又停顿了一下,才回答:"敲编钟。"

外国校长很惊讶,这是他听过的所有孩子的爱好中,十分新奇的一项,顿时来了兴趣:"哇,很酷的特长。你喜欢敲编钟吗?"

小米点点头,轻轻地说:"喜欢。"

外国校长接着问:"为什么会想学这个呢?"

为什么？绝对不能说为了考重点小学。小米丝毫没有忘记高亚琳的嘱咐，他突然变成了老教授的语调，说："为了弘扬古老的华夏文明。"他记得那个教他的老教授这么说过，他实在想不出别的答案了。他并不喜欢敲编钟，他喜欢按摩推拿，喜欢钻研洗浴中心里那些讲解人体经脉穴位的书籍，还喜欢小鸭子。可在这里，他不能喜欢推拿按摩，他得喜欢编钟。

外国校长被他的语调逗笑了，接着问："平时生活里谁陪你最多呢？"

小米想都没想便说："我爸爸。"这是他这场面试里，最诚实的答案，说出来时，感觉好轻松啊。

"那小米还有没有好朋友呢？"

小米想了想说："还是我爸爸。"

有考官自然地抬头看看窗外。一位考官说："那你可以介绍一下你的这位好朋友吗？"

小米突然有点紧张，他看了看考官，又转头望了望窗外的雷大力，才鼓足勇气开口："他对我来说，是一个阳光帅气的爸爸……"

雷大力听到"阳光帅气"这个词时，一脸的尴尬。

小米继续说："他的学识非常渊博，他十分注重家庭教育，还会跟我讲很多人生哲学。他告诉我作为一个男人，要爱老婆、爱家人，要努力工作，成为社会的栋梁……他从来不逼我做我不喜欢的事，不骂我，也不打我，都是跟我耐心地讲道理，他还说做人要正直、诚实，不要撒谎，在他眼里没什么困难，因为所有的事他都能搞定……"

这些形容词把雷大力形容得如坐针毡，看着小米小心翼翼的样子，雷大力心中很不是滋味。他还是个孩子啊，6岁半就要这样谨小慎微地生活下去吗？过往的无数情景像幻灯片一样在雷大力的脑海中重现——在凶宅学区房里，他推着小米，把他丢进"学习监狱"；他一巴掌打在小米的屁股上，因为他考了14分还满不在乎地跟自己斗贫；小米把假罚单贴在车窗上，这是他教给小米的；他带着小米穿梭在各种兴趣班之间，希望他也能尽快拥有一项特长；小米说不想去上海，他斩钉截铁地拒绝了；大雨中，他用力地把小米推向高亚琳……

小米说得有点动情，声音开始哽咽了："他是我最好的朋友，他是我最重要的人……"

雷大力有些听不下去了，想冲进去把小米带走。可外国校长并没有察觉到异样，只觉得小米这孩子很有表现力，感情也很丰富，这是他很少见到的，于是继续询问："那爸爸这么厉害，他是做什么工作的呢？"

小米犹豫半天才开口："他是一个学者。"

外国校长和几位考官对视一眼,有些困惑:"是研究什么的呢?"

小米:"研究人体。"

外国校长更困惑了:"那他是一个医生吗?"

小米:"算是吧。"

校长:"研究医学,是一个科学家?"

小米这次摇了摇头,他有点不知道该如何继续形容,校长更加来了兴趣。

"那他都教你些什么呢?"

"他教我点穴拨筋、拔罐、敲背、祛火通经……长命百岁。"小米很自然地脱口而出。

外国校长这次有些不可思议地看着这个孩子,显然对他的话有些怀疑了:"小米,你6岁对吗?所以你已经会医学,可以治病了?"

小米点了点头。

外国校长直截了当地问:"谁教你说这些的?"

小米愣住了,他怔怔地呆在原地。

另一位考官补了一句:"你说的这些都是真的吗?"

雷大力看着为难的儿子已经张不开口,他的挣扎达到了顶点。

外国校长疑惑地问:"怎么不说话了?"

小米憋得满脸通红,惶恐不已,身体僵直着快要憋出眼泪了。

几位考官等待很久,还不见小米张口,只好作罢。

"可以了,考试结束了。"

小米慢慢地站起来,眼泪已经不受控制地滚下来,只问了一句:"我能考上吗?"

考官们非常意外,一时间不知如何回答。

小米红着眼眶对着外国校长说:"我求求你,让我考上吧,我不想让我爸爸再求人了。"

外国校长不知道眼前的这个小朋友经历了什么。窗外围观的家长纷纷探出头,看着这个情绪崩溃的小朋友,也为自己的孩子捏了一把汗。高亚琳也追过来察看,有点慌了,她最担心的事终于还是发生了,小米在连环提问下越来越紧张,眼看已经顶不住压力马上要"自爆"了。如果这个时候功亏一篑,那就太可惜了。

安静的考场里,突然冒出一句原汁原味的四川话:"小米,你莫要再背了。"

高亚琳转头一看,雷大力已经走进了教室。

听到熟悉的声音,小米小心地转过头,看到老爸雷大力正向自己走来,他的眼泪掉得更凶了,震惊、害怕、委屈、难过……他已经不知道要怎么办了。

雷大力走过去揽住小米，转身对着所有考官说："不好意思啊，我是这个孩子的爸爸，他说得有些不对，我替他说嘛，其实……我不是啥子学者，就是个开洗浴足疗店的小老板……"

众考官一片哗然，有些人脸上已经有了被骗的愤怒。

雷大力继续坦白道："编钟是我逼倒他学哩，他一点也不喜欢。但有一点他没有撒谎，他真的喜欢按摩点穴，捏脚治病，他会的……"

在其他考官还在震惊于这一场"骗局"时，外国校长的注意力集中在了一个奇怪的点上，他疑惑地问小米："捏脚还可以治病？"

小米完全蒙在原地，他现在不知道该怎么回答了，这个问题他也没有准备过，他心里只有一堆实践经验。小米不知所措地看着雷大力。

雷大力鼓励他："没得事，说吧。"

小米这才对着校长小心翼翼地点了点头。

想不到外国校长还打算聊下去，甚至开始了关于病情的提问："如果我头疼，怎么治？"

小米驾轻就熟地回答："按足背侧太冲穴！"

外国校长有点震惊，接着问："牙疼呢？"

小米又自信地答："按内庭穴！在第二脚趾与第三脚趾

的分叉处。"

这时,雷大力直接趴在地上,众考官又是一片哗然,雷大力鼓励小米:"来,小米师傅,给老师们展示一下。"

小米一抹眼泪,举手为自己打气,开始在雷大力身上边按摩边介绍他的穴位大法。

"人体一共有720个穴位,从头到脚还有很多经络,头疼按天柱穴;牙疼按合谷穴;肾亏就按脚心底;推上背,治肺脏;推下背,治肝胆;按摩上下肩骨,头晕、肩痛、颈椎病都可以治……"

众人惊叹于小米熟练老到的手法,另一个考官也按捺不住好奇心:"那我失眠怎么办?"这位考官很明显有点"夹带私货",从他有些乌青的眼底来看,他应该是有失眠的困扰。

这可问到了小米最近正在研究的领域,他开心地解答:"有一个快速根治的办法,用针灸!"说着,他从随身斜挎的小包里掏出一套针具,拔出一根长针。

几个考官吓得纷纷默默地把椅子往后挪了挪,齐齐摆手:"不用了,不用了。"

小米兴奋了:"不扎针,按耳朵也可以!我教你!"

小米直接跑过去,用手捏住考官的整个耳朵,然后用拇指搓耳背,食指由上至下,搓揉耳朵内部。

几个考官开始不自觉地跟着小米一起搓耳朵。就这样,入学面试现场变成了大型问诊现场。场外的高亚琳彻底看呆了。

进入自己熟悉的领域，小米游刃有余，整个人都变得开心起来："中医讲，树老根先竭，人老脚先衰！"

雷大力适时插话："常按足三里。"

小米熟练接上："胜吃老母鸡。"

外国校长觉得这对父子相处的方式很新奇，便问雷大力："这都是你教给你儿子的？"

雷大力点点头："因为他从小跟我在澡堂子长大……看都看会了。"

这到底还是一场考试，总要言归正传，大家正按着耳朵在聊天放松时，一个考官不耐烦地打断了雷大力："好了好了，今天的考试就到这里吧。"

但雷大力没想就这样结束："等一下，我还有些话想说……其实，其实我儿子今天说的很多都不是真的，我靠给人捏脚起家，没啥子学历，一身毛病，没教过他啥子好，但男人要爱老婆，这是我教的，还有，还有……"

外国校长颇有兴趣地看着他："还有什么？"

雷大力接着说："其实你们应该见过很多像我这样的父母……我也是这么一步一步走到这里，可能是输惯了吧，太想赢了。其实当爹妈的都一样，拼命踮起脚尖，就是为了把娃举得更高些,但我好像想明白了,他们的人生,跟我们想要给的人生,可能不是一回事儿,他们的人生应该靠他们自己一步步走出来。我也很矛盾,我真的不想他累,健康快乐就好,可身边所有人都在抢来争去,我咋个办?我能不管喽?我只能闷头向前冲,他累,我也累,没得办法。好多爸妈为了娃把生活过得鸡飞狗跳,是做了很多不对的事,但他们心里的苦,能对哪个讲?说到底,都是为了娃儿……刚刚看着我娃儿,我就想,其实做人跟穴位是一样哩,通了,就不痛了……每个人都有每个人的命,就算冲到最前头,但把娃儿弄得不像个娃儿了,那也太不值了嘛。"

考官们沉默了,窗外的高亚琳也红了眼眶。高亚琳想到了自己一路走来经历的种种,她看似比姐姐成功,但只有她自己知道,自己有多么殚精竭虑。或许在她内心深处,从没放弃过追赶姐姐的念头,所以才希望儿子无比优秀。又或许,她也是在被周遭的环境影响着,不得不冲着那个方向走,因为根本没有撤退可言啊!

外国校长好像明白了雷大力的意图,但还是想听他把话说完:"所以,你今天……"

雷大力已经释然了,所以此刻他很坦然:"在来的路上,我就想得差不多了。今天啊,我也不想要啥子结果了,都不重要了,我只想说点掏心窝子哩话。我的家庭就是这个样子哩，我哩儿子就是这个样子，我觉得我们这样——很好。"

雷大力转头看着小米，小米已经被眼泪迷了眼，看不清楚眼前了。

雷大力心疼地擦掉小米脸上的泪，温柔地说："儿子，就算小鲤鱼跳不过龙门，它也是条鲤鱼，这世上有江河湖海，总会有湾水能让它好好活下去……"

雷大力想到在洗浴中心的那晚，小米鼓足勇气跟自己说哪怕自己就是个土泥鳅，只要肯努力，说不定也能跳过龙门。在来的路上，雷大力便懂了，那不是小米想要跃过龙门，不是小米想要来这所学校，成为这些孩子中的一员，小米是为了安慰他，为了不让他难过和失望。

外国校长看着小米，感慨道："你有一个很好的爸爸。所以，你们的选择是，还要继续吗？"

雷大力看着小米，只说了一句："我们谢谢老师吧。"

《世事不可强求》的歌声在校园里再次响起，雷大力带着雷小米走出了面试教室。

在教室门口，雷大力看到了红着眼眶的高亚琳。他动了动嘴，想说些什么，想感谢，想解释，想道歉……但一时之间竟不知从何说起，高亚琳了然地点点头，雷大力也微微点了点头，笑了笑，带着雷小米向外走去。

在人来人往的走廊上，雷大力心满意足地领着同样开心不已的小米走在人群中。他们穿过无数精英家长，穿过无数优秀的孩子，穿过整整一面墙的奖杯，在家长们复杂的眼神中淡然离去。此刻，他们都知道对自己来说最重要的是什么了，所以不在乎任何旁的事物。小米的手被雷大力紧紧地握着，他抬头望着旁边的爸爸，他好久没有这么轻松快乐了。

面试完，雷大力本来打算直接带小米回家的，但高亚琳还是请了他们去家里小聚。这一走，下次见面是什么时候都不一定了。

雷大力放松下来，发觉这座城市很漂亮，甚至也有点可爱。当地人说话都跟高亚君一样软软糯糯的，吵架也是有点黑色幽默的。

小米和 Lucas 在别墅区的草坪上玩耍，高亚琳和雷大力跟在后面一边散步一边闲聊。

高亚琳解释道："Lucas 很喜欢小米，非要在你们走之前跟他玩一次，所以再耽误你们一些时间。"

雷大力点点头："他俩喜欢一起玩儿就好。"

高亚琳觉得很抱歉："上学的事，没帮到你，对不住啊。"

雷大力已经释然了，笑着说："没事，你已经尽力了，而且你也不容易。能让小米过来感受一下不同的学校，还认识了 Lucas，已经很好了，就当是带孩子过来玩儿一趟了。"

高亚琳看到雷大力如此坦然，也明白他是真的放下了。她甚至有点羡慕雷大力，他能轻易地想得通、放得下，以后可以放松自在地生活。而她呢？这一切才刚刚开始，以后的每一天都只会更紧张。

或许姐姐喜欢的，就是雷大力的这种放松吧？她想。

高亚琳笑了笑，打算将埋在心里多年的话说出口："其实，你和我姐姐结婚的时候，我和她吵过一架。"

雷大力有点意外地望着高亚琳。

高亚琳有些不好意思："当时我不理解她为什么选了你……可她跟我说，你是个很好的人，活得很放松，很开心，眼里没什么难事，再难都能乐呵呵地挺过去，你是她人生渴望的另一面。如果将来有孩子，她最希望孩子能活成你的样子……"

雷大力背过身望着远方，沉默了，他悄悄抹了一下眼泪，往事随即涌上心头。他知道老婆的不开心，有自小就在高压环境下度过的原因，但他不是没有怀疑过，老婆的不开心里，是不是也有他的原因，因为他与她的悬殊，给她带来了新的压力。他从来不敢认真去思考这个问题，怕自己心里支撑不住，怕愧疚淹没自己而无法面对儿子。所以这么多年来，他只能拼命努力，尽可能地给孩子提供好的生活。在睡不着的那些夜晚，雷大力不是没有设想过，如果高亚君没有嫁给自己，是不是就不会走到那一步。尤其是这些日子以来，他更加觉得，都是因为自己无能，才耽误了小米的前途，所以他午夜梦回的时候，一直在跟高亚君道歉，他没有完成他的承诺……

他到现在才明白老婆的那份嘱托是什么意思。在高亚君面前，他是有些自卑的，自卑于自己的学历、工作，他在不知不觉中把自己的人生遗憾变成了小米的人生目标，一心想着让他上个好学校，将来像他妈妈一样有出息，有学问，有选择。而高亚君求的，只是希望小米能健康、快乐，能做真正的自己，因为她从小吃尽了身不由己的苦。

雷大力抹了抹眼泪，稍稍平复了一下自己的情绪，才道："这些话，她从没跟我说过……"

高亚琳一点都不觉得意外："可能是从小就被压抑着，时间久了，姐姐就变得不善言辞，也不习惯表露自己真实的想法。姐姐她……真的不容易。我现在倒是越来越理解姐姐了，她执拗地非要跟你在一起，起初我以为她是为了和爸爸怄气，也可能是为了摆脱爸爸的控制。直到今天，我彻底理解了她的决定。很庆幸姐姐遇到了你，至少她拥有过无拘无束的时光，虽然有些短暂，但那是她真正想过的生活啊，她幸福过。你看，小米这样乐观，不也印证了姐姐的选择是正确的吗？"

雷大力笑了，他没有想到，当他决定放下的时候，他反而得到了。他发自内心地笑了："谢谢你告诉我亚君的心里话，也谢谢你这么说。"

高亚琳也笑了，一种前所未有的轻松感充斥着内心，她打趣道："你就好好带着小米生活吧。我看小米在中医理疗方面十分有天赋，面试完了那个外国校长跟我说如果不是被人打断，他恨不得请小米给他现场看诊呢，哈哈。"

雷大力很久没有这样开心过了，他也跟着打趣："这可是神秘的东方力量，他平常可没机会见识到。"

说完，两人都开怀大笑。这段时间一直笼罩着他们的阴霾，终于散去了。

不远处，小米和 Lucas 跑到了一个分岔路口。

小米回头大喊："爸爸，我们要往哪边走？"

雷大力转头望着小米，也跟着大喊："儿子，往哪边走，这次你说了算。"

小米想了想："那我们回家吧。"家的方向，那座燃烧的老城，那座承载着雷大力和小米无限快乐时光的老城，才是令他们心安的归处。

为什么你听过了很多道理却依然过不好这一生,只有亲自撞了南墙才能回头?因为人生就像烙饼,只有翻够了回合才能成熟。

回到家后,雷大力和雷小米结结实实地睡了一整天。一觉醒来,精神抖擞,小米的头发桀骜不驯地支棱着,他搓着眼睛喊:"雷大力,我要屙屎……"

现在就连雷小米屙屎的声音,雷大力都觉得无比动听。

雷大力把火哥一家子请了过来。箭箭和小米有些时间不见了,一见面,两人就有说不完的话,玩得不亦乐乎。他们一家已经听完了小米的面试经历,感动之余也有一种长久以来的释放和解脱。

雷大力认真地对火哥和火嫂说:"今天喊你们过来,是想和你们商量一下继续经营洗浴中心的事……"

这么大的转变,火哥有点缓不过来。他缓缓伸出手,放在雷大力的额头上试了试温度。"这也不烧啊。"火哥喃喃自语。

雷大力看着火哥的举动,皱起眉头问他:"干啥子?"

火哥也不搭话,自顾自地猜测着:"难道是受了什么刺激?"

雷大力摇摇头，无奈地说："我不想卖给陆总了，我不想卖给任何人，我想带着我的小米师傅继续经营。就是……就是不知道火哥愿不愿回来帮我继续……"

"我愿意，我一百个愿意。"还没等雷大力说完，火哥立马点头如捣蒜。他就等着这一天呢，他知道雷大力总有一天会想明白的。

重开洗浴中心的提议，就在全票赞成下迅速通过了。

"不过重开洗浴中心前，还有件事我要先解决一下。"雷大力犹豫着开口。

大家好不容易放松的神经又绷紧了，只听雷大力说："就是小米上学的问题。之前是一门心思地想让他进国际小学，为此耽误了他正常上学的时间。"

"这个好说，要不就让小米去箭箭就读的那个学校吧，那可是我筛选了很多家，最后选定的。虽然比不上外国语小学，也不算什么重点，但师资力量和学校环境都算是不错的……"火嫂热情地介绍着，如果能为雷大力解决一些问题，火嫂心里的愧疚也能少一些。

箭箭上的就是家门口的长堤街小学。虽然……但是……

没有那么多"虽然……但是……"了。

雷大力转头问小米："我觉得不错，小米，你觉得呢？"

"很好很好，又能和箭箭一起玩儿了。"小米对此很满意。

两件事都有了安排，下一步就是执行了。

小米这边，由火嫂安排着入学考试等事宜。小米很聪明，也很努力。入学考试前，小米每天都认真看书学习，最后顺利通过了入学考试，又和箭箭成了同学。当然了，刘莎莎还在这个学校呢。这件事，小米跟雷大力炫耀了整整一个礼拜。以至于雷大力最后都快崩溃了，只要小米一提到"刘莎莎"这三个字，雷大力便开口求饶："知道了知道了，小米师傅，求求你别再念了，你忘了你还要成为头牌技师的梦想了吗？男子汉大丈夫要志存高远，怎么能耽误在儿女情长上呢。"逼得雷大力都开始用成语了。

雷大力这边，他跟火哥一起找到了陆总，表明了不转让洗浴中心的决心，陆总虽然很生气，但也无可奈何，前段时间雷大力一直在外面浪，都没顾上签合同。再说了，他惦记的还是雷大力和员工的手艺及客户资源，如果强买强卖，估计也会落得两败俱伤，不如卖雷大力一个面子，往后见了面，雷大力还得叫他一声"哥"。

洗浴中心就这么保住了。至于学区房，雷大力以低于当初购入的价格转卖出去了。雷大力不计较这些损失，因为他知道，自己和小米的生活，越来越步入正轨了。

卖了学区房，装修洗浴中心的费用不就有了吗？

经过和小米商量，父子俩一致决定洗浴中心的办公室维持原样，只装修接待客人的地方即可。于是，雷大力白天忙着装修，晚上就和小米继续睡在办公室的隔间里。

其间，刘真真经常过来帮忙。妹妹不在身边，刘真真失去了热情和斗志，很快就放弃了各个妈妈群群主的身份，找了一份朝九晚五的工作，薪水虽然不多，但也够养活自己，还跟自己以前学的专业相关。她也不着急，一边做一边学，努力把日子过下去。生活虽然孤独，倒是清闲了不少，她有时间就来帮帮雷大力。

刘真真表面上波澜不惊，但内心总是不快乐的，女儿不在身边，对于一个母亲来说，是非常煎熬的。但她性子倔又要强，不愿意在别人面前袒露自己的脆弱。

雷大力早就看出了刘真真的逞强，觉得她再这么下去，早晚会垮掉。

这天收工后，他请刘真真一起吃晚饭。小米是有点害怕刘真真的，所以这顿饭，他吃得格外安静。

雷大力也不藏着掖着了，直白地问刘真真："你真不打算接妹妹回来了啊？就由着她跟着她爸爸走了，再也不回来了？"

刘真真愣了一下，苦涩地说："我能怎么办呢，孩子跟着我不快乐，可能早就想离开我了吧。"

雷大力反驳道："你对妹妹的爱是有目共睹的，就是方法不对。方法不对那就改，你改了，妹妹还会讨厌你吗？"

刘真真怔住，是啊，她还可以改啊！可是，她还有机会改吗？

时间过得很快，一眨眼树叶黄了。

房间里传来钢琴的声音，刘真真在欢快的节奏中收拾着房间，衣柜里摆满了妹妹的衣服。她从来没有想过"岁月静好"这样的词，还可以用来形容她的生活。钢琴声是从隔壁房间传来的，那是妹妹唯一喜欢的乐器。妹妹终于回来了！

刘真真收拾完，走回自己的卧室，她倚在卧室门口满足地看着眼前的一切。妹妹正在认真弹着钢琴，她身后的墙壁上，画板和其他乐器都已经不在了，墙上的奖状也没有了，只剩母女俩之前的合影。

妹妹转头看了一下妈妈，母女俩相视一笑，一切尽在不言中……

洗浴中心已经焕然一新，火哥、火嫂和几个服务员正在浴池里打扫着。箭箭穿着校服，舔着一个冰激凌，跟在火嫂后面。

火哥一路指挥着服务员:"开业大吉,你们都卖点力气噻。"

火嫂跟在火哥身后,见缝插针地叨叨着:"没想到这个小学今年升学率上去了,这两个娃儿哩命简直太好了。"

火哥得意地说:"还不是老子决策正确。"

火嫂赶紧附和:"对对,你说得对,我深刻反省了一下,以前确实是我把娃儿逼得太紧了,确实是我不对。"

火哥气焰更加嚣张:"不对就给老子改噻。"

火嫂现在在外面很给火哥面子:"改,一定改。不过最近我又调研了一圈,听群里头哩妈妈说,初中形势严峻,小学行动要早,小升初,那更是一场大战!你们俩准备好了唛?"

火哥和箭箭愣在原地看着火嫂,箭箭吓得冰激凌化了一手都顾不上。

雷大力走了进来,看到箭箭便说:"箭箭,干爹抱一下。"还没抱到,雷大力便看到箭箭一手的冰激凌,吓得立马改口,"箭箭啊,下次再抱哈。"

火哥走上前,劲头十足地说:"雷哥,都弄好了,今天就能营业了。"

小米穿着箭箭同款的校服,开心地疯跑进来,看着澡池子。

雷大力看到小米，便炫耀地说："小米师傅，这回我设计哩装修你还满意嚯？"

小米感叹："巴适得很。"

紧接着，小米拍拍雷大力："对了，我有一帮兄弟要来照顾生意。"

雷大力疑惑："啥子？"

雷大力站在浴池门口，惊讶地看着小米的所有同学都排着队，光着小屁股，在小米的指挥下挨个往里走，一个个就像小猴子，轮流对着门口的雷大力礼貌地问好："叔叔好，老板好，生意兴隆，恭喜发财……"

雷大力不禁感叹："从此以后，不再是小米师傅，而是小米老板儿了。"

新浴池就像花果山，雷大力看着所有的小猴子在水里欢腾着，打闹着。小米也在其中，开心地乐呵着。

所有的美好和希望，就这样狠狠地来吧，我已经做好一切准备迎接你们。

雷大力的心里，这样想着。